彷彿

張曼娟

短篇小說集

依稀彷彿，宛如金沙

——《彷彿》增訂新版序

我告訴了作家好友，《彷彿》將要重新出版的消息，並且還會收錄二〇一五年的短篇小說〈立春之前，最冷的一天〉，有點魔幻懸疑的故事。好友興奮的說：「這真是太好了，因為妳的下一本全新短篇小說集，不知道什麼時候才會出。」我淡淡的說：「也許永遠不會出了。」「不是永遠。」好友糾正我：「只是最近不會出。」我嘆了一口氣，沒有說話。

其實，我是非常喜歡創作短篇小說的，就像是面前有一顆水晶球，當我專注凝視，便進入其中，在一個由我創造出來的世界裡，讓那些可愛或可悲的人相遇、成長、戀愛、憎恨、受傷、歡笑、流淚、出生或者死亡。我與他們感受到同樣甚或更深的情緒，有時輾轉難眠；有時幸福甜蜜；有時感到澈底絕望；有時重新點燃希望。當故事結束，我與他們一一道別，孤獨的走出水晶球。每當有人靠近水晶球，故事便永無止境的搬演著，離開的人是我，他們永恆存在。有時候聽見年輕讀者或資深讀者，充滿情感的對我講起某個小說人物或某段情節，曾經那樣深刻的打動著他們的心。我都有種依稀彷彿之感，小說中的人或事似乎有了自己的生命與經歷，早就不屬於我了。

《彷彿》是在上個世紀結束，新世紀開始時出版的，裡面的故事都有一個共同特質，那就是在真實與虛幻之間，如真似夢。人生許多際遇的當下，或許是驚濤駭浪，或許是刻骨銘心，然而，當歲月流逝，一切都淡化了，只留下依稀彷彿的印象。於我而言，這印象也像是在水中淘金沙，沉澱下來的都是貴重的美好。

能夠重新出版短篇小說集《彷彿》，要特別感謝皇冠出版社發行人平雲，他是一直催促我將舊書重出的推手，儘管我曾經逃避、耍賴或者拒絕，他總是溫和的、耐心的等待，這樣慷慨的心意，對一個已經出道三十五年的作家來說，是何等貴重。重讀這些小說，我彷彿回到創作中最重要的貴人——平鑫濤先生的面前。自從成為皇冠的作家之後，我的每篇作品他都仔細閱讀，不管寫的是什麼，他都微笑讚許，為了這個理由，我會繼續寫下去的。

二〇一九年雨水之後

斑剝，但是瑰麗

——《彷彿》舊版自序

在冬日轉成春季的午後陽光裡，我乘車再度經過圓山，高架橋下有一片荒廢的空地，堆放著磚瓦鋼筋一類的東西，雜草叢生，芒草被風吹倒了又直起身子，更添一分蕭條的氣氛。然而，每一次經過，我的眼光總要依戀的溫柔注視著。在我的專注凝望下，那裡的光亮幾乎令人無法張眼，孩子的、大人的嬉笑聲響起來，碧藍色的池水漾漾的，歡樂的，一座游泳池。是的，曾經，那裡是許多孩子夏日裡的避暑天堂，再春游泳池。泡在再春游泳池裡，可以看見兒童樂園的摩天輪，越過摩天輪，就可以看見動物園裡的長頸鹿，當我們餵長頸鹿嚼青草的時候，準備降落或起飛的飛機從我們頭上呼嘯而過……

有一次，我與高采烈說給朋友聽，朋友疑疑惑惑的問：「動物園不是在木柵嗎？」現在是在木柵，可是，很多年前，在圓山呢。每次在圓山下了公車，就嗅到獸欄裡傳出的羶腥味，從兒童樂園到動物園，有一條捷徑小路，為了省門票錢，大孩子總是帶著我們這些小孩子鑽小路去看大象和駱駝。還有這座游泳池啊，我多麼羨慕濺起水花的那些大人、孩子，一直想著，等我將來長大會游泳了，一定也要到這兒來游上一場。我長大了，還沒學會游泳，游泳池再不等我了。

就像有一次，坐在街邊等公車，我的身後是一方小公園，公園後是一幢又一幢的新建華廈。我坐著，感覺到內在的騷動，忽然很想攔住那些遛狗的人，推著嬰兒車的人，告訴他們，你們知道這裡以前是一座又一座玫瑰花園嗎？這裡培植過各種顏色的玫瑰花，每隔一段時間，我總要到溫室裡探望玫瑰。水藍色的、淺紫色的、棗黑色的，插在試管裡的玫瑰靜靜排列著，花園主人總是羞赧的微笑著，對我點點頭。我的玫瑰都到哪兒去了？那從不說話的蒔花人到哪兒去了？一株株玫瑰變成一幢幢高樓。

世事一直在改變，一片稻田變成了住宅；一座吊橋變成了菜圃；一群好友各居天涯；一對戀人形同陌路，從沒有人問過我們，是否同意這樣的改變？我們於是在改變中惆悵，或者怔忡，有時候連自己也疑疑惑惑起來，曾經，是不是真的發生過？那些疼痛的，喜悅的祕密心事，到底是不是真的？我透過歲月的微光，觀看著自己的回憶，也被回憶審視著，忽然發現，即使現在不如意，即使對未來覺得茫然，但是，擁有獨特的回憶是如此重要。我們剪裁整修著自己的歷史，曾經淡漠的原來竟是款款深情；曾經疏離的也許只是不敢逾越；曾經遺憾的終於得到溫柔的救贖。

從一九九七年到二〇〇〇年，我完成了十篇短篇小說的書寫，體驗了前所未有的改稿歷程，最高紀錄是〈自己的房間〉大幅度修改了十幾次之多，最後才像一個迷途的人，終於走上了回家的路。我一邊書寫著這些故事，一邊想著，誰的歲月回憶不是斑斑剝落的呢？然而，因為我們曾經真切的付出與感受，就像仰望著綴滿星星的夜空，雖是斑剝，卻很瑰麗。

西元兩千年元月　臺北盆地

目錄

12:15 蘭花小館 _011

一束信 _027

絕情記 _053

桑樹唱歌的夏天 _067

架空之城 _095

麵包店失竊事件簿 _119

子夜的愛戀脫走 _137

聽說妳們相愛 _149

彷彿 _175

自己的房間 _199

立春之前，最冷的一天 _229

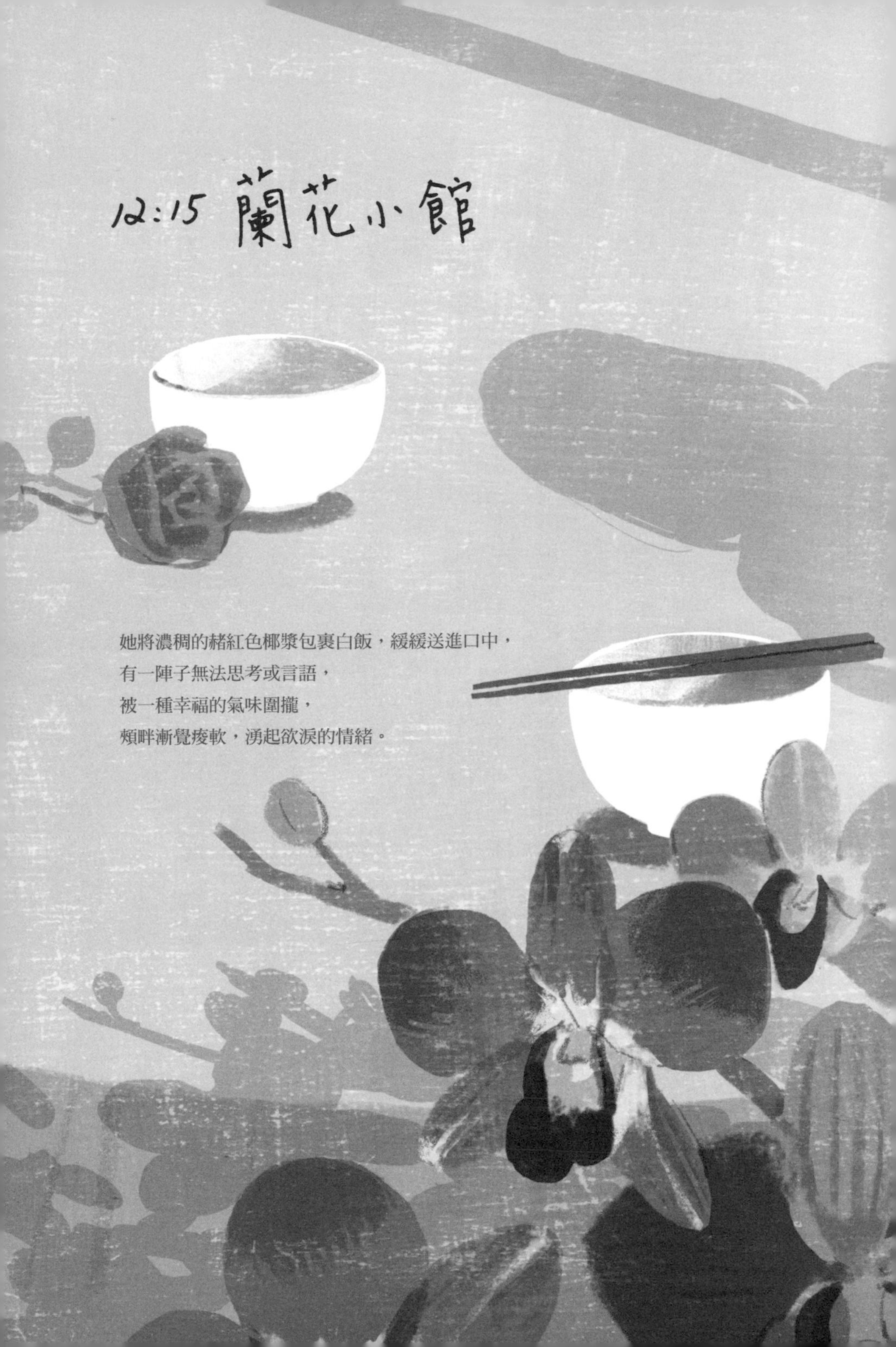

12:15 蘭花小館

她將濃稠的赭紅色椰漿包裹白飯，緩緩送進口中，
有一陣子無法思考或言語，
被一種幸福的氣味圍攏，
頰畔漸覺痠軟，湧起欲淚的情緒。

12：10辦公室牆上懸著的電子鐘，跳出這個數字，喬琪從座位上站起來，像得著了赦免令一樣。雖然公司規定，十二點到一點鐘是用餐時間，可是，以前十二點一到，她準備出外用餐的時候，老闆娘就會含笑說道：

「現代新人類果然是有效率，一點時間都不肯浪費在公司裡。」

喬琪聽出裡面的諷刺，卻不知道如何是好。老闆多半在外面談case，向她交代事情的時候，也都客客氣氣，擔任會計工作的老闆娘卻每天來盯梢，很怕喬琪偷懶、不用心，壞了公司的紀律。其實，公司只有她一個員工。

喬琪決定每天中午12：10才出外用餐，老闆娘看見她一直忙碌到12：09，總是忍不住滿意的神色，彷彿她仍是孺子可教也。她自己倒不是很在意午餐時間減少十分鐘，反正這裡四方十里之內，既沒有商店街也沒有小公園。她從新建的辦公大樓走出來，穿越馬路，每一天都可以準時12：15抵達蘭花小館。

這是一間開張沒多久的泰式料理店，整面的透明玻璃牆，可以看見喧譁著、圍桌而坐的用餐的人群。緊貼著玻璃的一張小桌檯，她總看見男人獨自坐著，閱報的側影。她每次都在街的這頭，便捕捉到他的身影。有時，她會貼靠在玻璃外，直到他猛然抬頭，驚詫的看見她，然後，歡悅的笑起來：

「妳啊，真頑皮。」他的笑意一直持續到她在他身邊坐下。

「誰叫你這樣專心，天塌下來了也不理。」

「天塌了不要緊，我們有午餐吃就行了。」

「快點，快點，今天吃什麼？我快餓扁了。」

她像個小女孩似的跟他撒嬌，他也總能點出令她滿意的菜色。

他們不是情人，不是朋友，只是同桌吃飯的人，如此而已。

喬琪覺得中國人只說同船渡，共枕眠，怎麼不說同桌吃飯是怎樣的一種緣分？應當修幾生幾世多少年？

喬琪酷愛蘭花小館，是因為看見他們推出的一百二十元特餐，可以選一個菜，附湯和甜點。那天，她走進去的時候，每張桌檯都有人占著，親切的老闆娘過來攬住她：「別走，不如併個桌吧？」

老闆娘很快的張羅一副餐具，到只有一個男人坐著的桌檯上，正貼著玻璃邊的座位。她願意與人併桌，是因為附近的小吃店都吃過了，那些食物令人生而無歡；這裡的美食卻使人死亦無憾。她坐下來，有禮貌的對看報紙的男人說：

「真是不好意思。」

男人紋風不動，一點反應也沒有。在寂靜的沉默中，喬琪轉頭尋找，會不會有空出的座位，便不必與這人同桌。

「妳和我說話嗎？」男人忽然從報紙後面探出頭來。三十到四十歲之間的年紀，臉上表情很單一，五官平和的舒展著。反應肯定是遲鈍的，喬琪下了個結論。

「我說，不好意思，占了你的桌子。」

「哦，不必客氣，這桌子不是我的，我只是剛好坐在這裡。」

喬琪勉強擠出一個不自然的笑容，這人說的都是實話，只是聽起來很沒人情味。她仍懷著喜悅的心情，點了涼拌牛肉套餐。菜很快送上來了，已經聽見肚子呻吟聲的喬琪，撈起一筷子牛肉洋蔥和番茄，就往嘴裡送，微微瞇起眼感覺那種酸酸辣辣的口感。當她睜開眼，赫然發現對面男人已收起報紙，正盯著她看，她忽然停止咀嚼，吞嚥也變得困難。在她吃得這樣忘情的時候，這個人，未免，未免太沒禮貌了！

侍者送來湯和飯，喬琪喚住侍者：

「我點的是炒飯，不是白飯。」

侍者去櫃檯查詢，男人環抱雙臂，看好戲似的靠進椅背。喬琪在這短暫的空白裡，又吃了一大口涼拌牛肉。侍者走過來了，他看著喬琪和男人：

「你們不是一起的？」

男人搖搖頭。

「當然不是啦！」喬琪喊出聲。同時，感覺一片烏雲罩在頭上，有了極不祥的預感，難道，忙中有錯……

「這是先生的，小姐吃錯了！」侍者冷靜嚴肅的宣判。

喬琪的臉在一瞬間腫脹起來，她的嘴裡還有殘餘的，別人家的牛肉。

「真是，不好意思！」她將菜和白飯全推到對面，看見盤裡缺了一角的牛肉，又忙拉回自己面前：「我吃了你的肉，待會兒你再吃我的……牛肉吧。」

這一餐真是吃得彆扭，桌檯本來就小，低著頭吃飯的時候，頭差不多要頂住頭了，抬起頭來的時候，眼光就不可避免的相遇了。既不方便相視而笑，也不該愁眉以對。只好沒表情，假裝對面沒有人。

第二天，老闆娘又將她引到同樣的座位，同樣看報紙的男人。為了感謝他昨天的寬宏大量，沒給自己難堪，喬琪很開朗的和他打招呼：

「嗨。」

「嗨。」男人仍沒啥表情。

點菜的時候，她很費了一番心思，絕不要與男人重複了。

「涼拌牛肉！」侍者將菜放下，看了看他們倆，加重語氣的說：「這是先生的。小姐的馬上到。」

喬琪簡直不敢相信，這男人竟會和她一樣，點昨天吃過的菜。難道，他也在避免與她重複嗎？

「無所謂，反正都一樣。」男人說。

喬琪可不會再像昨天那樣急躁了，她微笑著，捧起水杯喝水，嗅著淡淡的檸檬香氣。

兩個人各自吃著牛肉時，男人抬頭注視喬琪，好像有話要說。喬琪嚥下食物等待著。

「他們用檸檬的酸味，用得剛剛好，所以牛肉和洋蔥吃起來都是甜的。」

男人很慎重其事的說。

喬琪停了一會兒，附和的說：

「是呀。檸檬。」

她真的不知道該接什麼話，尷尬的，低下頭，專心誠意將牛肉和洋蔥全部殲滅。

第三天，喬琪看見一張空著的桌檯，興奮的眼淚都快奪眶而出，她即將落坐時，老闆娘旋風一樣拉住她：「這裡空調會滴水，我們已經找人來修了。」說著，將她引到男人那一桌：「還是坐這兒吧！」

男人收起報紙和她打招呼，抬抬下巴，他說：

「12：15好準時。」

她忽然有一種奇特的感覺，雖然只是偶遇，但這男人總在這裡用餐，在這張桌檯，倒像在等待著她似的。驚惶或者尷尬的感覺漸漸消失，男人看著她的眼神裡，有一種安靜的光。

「咖哩花枝。」她點了菜。

「哦，不好意思，我們要商量一下。」男人對侍者說。

「你們……」侍者疑惑的：「是一起的哦？」

「你也點了咖哩花枝？」喬琪問。

「是啊。真巧。」男人嘗試的：「所以，我在想，也許我們可以一起點菜？」

「可是，我們不認識呀。」

「沒錯，可是，認識的人也不一定可以一起吃飯。」

喬琪想不出什麼話來反駁，她被說服了。他們點了咖哩花枝和鹹魚芥蘭，多了一個菜，果然吃得更開心。因為覺得自己付了一份錢，所以，喬琪吃得很盡興，完全不需要矜持，連花枝盤裡的芹菜都一根根挑出來吃了個一乾二淨。

「合作愉快。」男人說：「明天見。」

喬琪心滿意足的穿過街，往辦公大樓奔去。

一同點菜的第二天，喬琪自己走向男人的桌檯，像相識許久的朋友。男人作主，點了椰奶辣炒嫩牛肉和泰式空心菜，並且建議她吃白飯：

「用牛肉醬汁拌飯吃，味道好極了。」

她將濃稠的赭紅色椰漿包裹白飯，緩緩送進口中，忍不住瞇起眼含納著從舌上層層滾動，貫穿至腦門的醇香。有一陣子無法思考或言語，被一種幸福的氣味圍攏，頰畔漸覺痠軟，湧起欲淚的情緒。

她抬起頭，圓圓的眼睛裡異常璀璨晶亮，望著男人，不能言語。

「我就知道，妳會喜歡的。」男人滿意的微笑了。

喬琪也笑起來，一邊笑一邊點頭。素昧平生的男人，為什麼竟會這樣準確的知道她喜歡什麼呢？

「什麼時候開始，發現自己是個美食主義者？」男人後來問。

「我一直不知道，是你告訴我的。」

「我第一次看妳吃涼拌牛肉的時候就知道了。」

喬琪大笑：「那是餓死鬼投胎！什麼美食主義啊。」

「是妳吃牛肉的時候，那種全心全意感受的模樣。」

喬琪想起男友說她吃飯的樣子很性感，她那時調侃自己：「什麼性感啊，根本就是有我無敵。」現在才明白，就像男人說的，「全心全意感受」，那麼，男人是否也覺得她很性感呢？男人的胃口沒她好，多半的時候，都在看她吃，她一向吃得津津有味，男人的眼裡有讚賞。

喬琪告訴男人，她為了逃避老闆娘，所以每天一定出來吃飯。男人告訴喬琪，他為了逃避員工披薩的午餐之約，所以一定出來用餐。

「當老闆也是很可憐的。」男人說：「我真的很怕起士的味道，像臭襪子，所以，吃完飯我還在這兒坐一會兒，等臭襪子沒那麼臭了才回去。」

「我可不行，一點整必須進辦公室，不然，老闆娘會說，妳還是帶便當好了，出去吃飯太浪費時間了。」

「如果妳來我公司做事，我們就可以一起吃飯了。」男人忽然說，看起來挺認真的樣子。

喬琪明白這種邀請的意涵，她挑起一筷子豆芽，從容不迫的：

「那可不行，因為你是不跟員工吃飯的，我呢，也不跟老闆吃飯。」

「說得也是。」

男人拿起水杯喝水，那天他吃得特別少。

喬琪從不問他私人的問題，結婚了沒有？幾個小孩？夫妻感情好嗎？為什麼看起來好像很寂寞？

她仍與男友時時約會共餐，只是再不肯吃泰國菜了。她生日前一天，男友訂了泰國菜的位子，她卻苦苦哀求：

「拜託，不要吃泰國菜，吃日本料理好不好？拜託拜託……」

「怎麼忽然轉性了？以前最愛吃泰國菜的？」

「不是和你說過，中午都吃泰國菜嗎？」

「每天中午都吃？」

她轉了轉眼珠，點頭。

「吃泰國菜可以抽獎嗎？還是，妳愛上那個帥哥老闆啦？」

「什麼帥哥老闆？」她變得緊張兮兮。

「餐廳老闆呀。」

「哦。」她如釋重負的：「她已經有兩個小孩了，而且不是老闆，是老闆娘啦。」

「吃那麼辣的東西，當心傷腸胃。」男友疼惜的揉揉她的短髮。

他們從學校相戀至今，已經快五年了，連外島服役不能相見的苦楚，也熬過來了，彼此相屬變成了一種信念，她的信念從未動搖。

第二天她仍與男人共同午餐，一起點菜。男人忽然拿出一朵紫色玫瑰給她，她嚇了一跳：「你怎麼知道？」

「什麼？」

「你不知道？」

「什麼事？」他想了想：「妳的生日？」

「是呀。」喬琪笑著，忍不住的快樂。

「生日快樂。」

「這附近根本沒花店，你去哪裡買的？啊，我知道了，今天你們公司辦發表會，有很多花籃，你是從花籃裡……」

「這是我種的。」男人說。

喬琪的詼諧的笑意僵在唇邊：

「你自己種的？」

「我種了很多玫瑰，各種顏色的玫瑰，紫色最不好種，花也開得少，我想，是我還沒摸清它的性子。今天這朵快開了，就帶來送給妳，沒想到正是妳生日。」

喬琪悄悄打量他的手，骨節麤大，手掌厚實，她想像他溫柔的培土澆水，種植嬌弱的玫瑰；想像豔麗的玫瑰花在他指間顫動，渴望撫觸，她的心臟不正常的鼓鼓躍動，她的身子隨之抖慄了一下。

那天午餐剛吃完，男人就趕她走：

「早點走吧，妳過馬路，我看了都提心吊膽。」

喬琪這才知道，每一次她過馬路，都有一雙擔憂的眼眸在凝視。

那天她穿越馬路，忽然在街心停下，轉身對玻璃裡的男人揮手，男人舉起手露出微笑，她看見那雙眼眸，不只是擔憂，還有憂傷。那是一張表情相當豐富細膩的臉孔，她還記得初相遇時，那臉孔幾近遲滯平板。

她將紫玫瑰插在自己細長的水杯裡，整個下午心中恍然若失，說不上來是怎樣的感覺，反正不是快樂的。

過了兩天，老闆說要和喬琪開會，她早覺得有些不對勁，老闆娘好些天沒來了，公司電話響個不停，都在找老闆「還錢」，語氣很不好。老闆在12：04進了公司。

「妳還沒去吃飯，那太好了。」

老闆從公司創業理念，談到末世紀全球性的經濟恐慌，談到行內的殘酷，人心的狡獪……喬琪隱隱感覺到，她要失去這個工作了，她要失業了。可是，這些都比不上她的另一個焦慮來得真切，焚燒著她的神經末端，使她坐不住。12：25了，12：35了，他也許還在等她，他一定還在等她……12：40，她猛然站起：

「請給我十分鐘，我馬上回來。」

老闆以為她要去廁所，她卻一直衝進電梯，衝出大廈，在馬路的這一頭，便看見窗邊的男人，他果然在等她。男人看見她，迅捷起身跑出門，她飛快穿越馬路，他們在店門口站立，彷彿應該有個擁抱或者親吻。男人的臉色寫著焦急驚慌：

「發生什麼事了？妳怎麼了？」

她猜想自己的臉色必然也是灰敗的，她喘吁吁的：

「我和老闆開會，怕你等我……」

「只是這樣？妳真的沒事？」

喬琪點頭。

「那就好，妳沒事就好了。」

喬琪抬眼看他，這好像是第一次，看見他站起來的樣子。以前每次看見他，他都坐在預訂好的座位上，好整以暇的等著她，從沒見過他失措的舉動或神色。

「要不要吃點東西再走？」男人溫柔的問。

「不好意思，我，我……」她想告訴男人，不要再等她了，她以後可能不會來了，但，她說不出口。

「又不好意思了？」男人縱容的笑著，緊張之後鬆弛的臉部線條，特別柔和：「公司有事嗎？」

「是呀，狀況不太好吧，我想。」

「那，妳有什麼打算？」

「我呀，趕回去開會囉。」她笑嘻嘻的：「走嘍。」

過馬路之前，轉身對男人說：「再見了。」

「嘿！」男人喚她。他們一直不知道彼此的姓名，誰也沒問過。

「有任何需要幫忙的，來找我。」

喬琪深深注視著男人：

「你多保重了。」她說。

面前疾速駛過的大小車輛，把馬路變成一條波濤洶湧的怒河，她將涉水而去。男人對她點點頭，有一種瞭然的神態。

他們再沒說什麼話，蘭花小館和男人和12：15都在身後了，她甚至沒有回頭。回到公司，她很清楚的對老闆說，她知道公司無法營運下去了，她只想利用下午收拾東西，明天就不上班了。

後來，喬琪找到一份更合意的工作，同事都要跟著她去吃午餐，因為她總能穿街越巷，找到好吃的東西。也有人讚歎：「喬琪，妳怎麼找到這些好吃的東西的？」

「我是美食主義者啊。」她如此回答。

「妳什麼時候變成美食主義者啦？」男友覺得很好笑。

「就在你不知不覺的時候。」喬琪神祕兮兮的說。

她不會忘記，12：15蘭花小館，發現了自己是一個美食主義者。

一束信

那束信不只是信，
它像一束璀璨的亮光，
照耀了我的生命，
此刻，那光熄滅了，
我沉入比黑暗更絕望的黑暗裡。

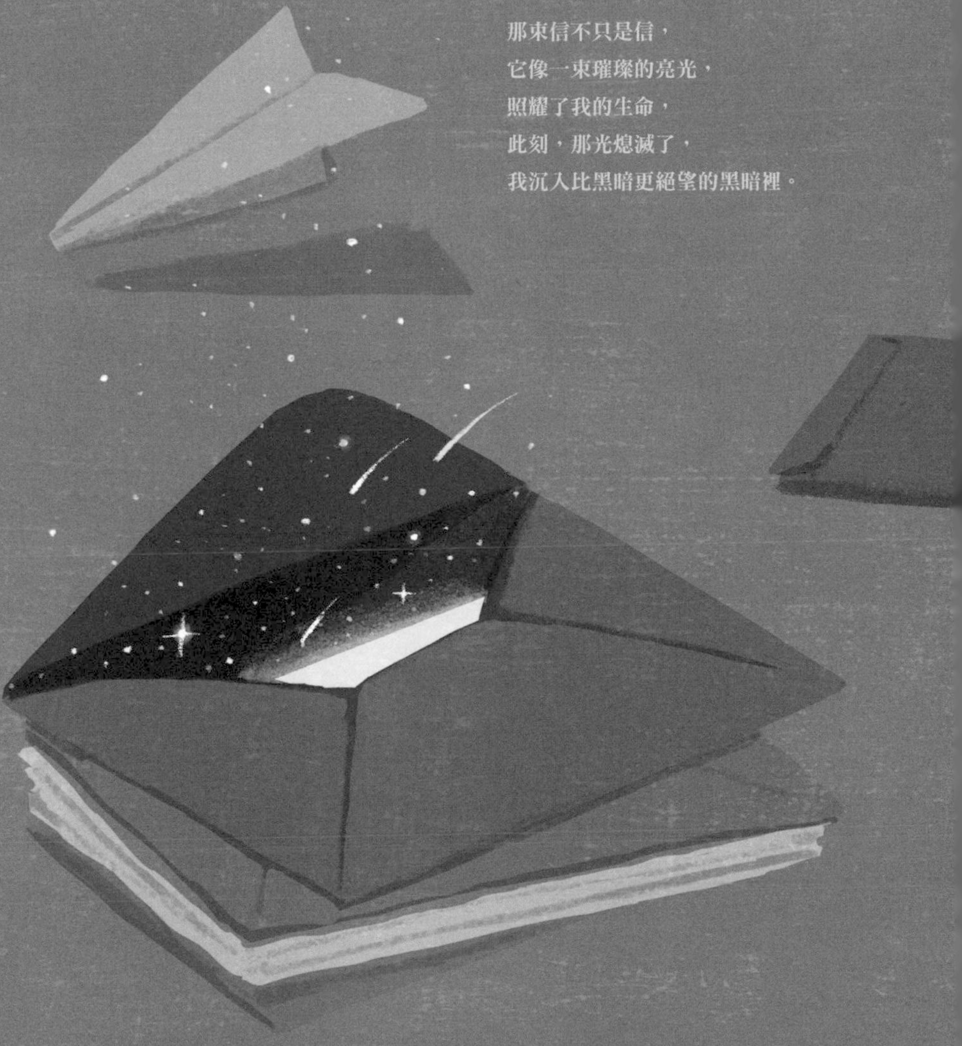

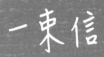

終於，吃完了中秋晚餐，此刻，坐在因為堵塞而緩緩移動的車內，感覺鬆弛也感覺疲憊。

方才坐在高價位的日本料理店裡，必須應付層出不窮的狀況，我一點也不能享受美食與氣氛。先是小齊在我身邊嘀嘀咕咕：

「我們幹嘛來這裡吃飯？我情願到頂樓去烤肉，別人家中秋節都去烤肉的。」

「爸爸喜歡吃日本菜呀，這個餐廳很有名的。」我耐心的。

「可是，我們已經出來很久啦！什麼時候可以回家？」

正替女兒薔薔剝蝦殼的祖蔚對兒子擠了擠眼睛，一副很能理解的樣子：

「趕著回家餵電子雞啊？」

「誰養電子雞？那種不用大腦的東西。」小齊嗤之以鼻，他一向很以他的電腦操作為榮。

呵呵呵！祖蔚笑得很得意，有著青出於藍更勝於藍的驕傲，我們小齊的大腦可管用了。呵呵呵！

「小姐！小姐！」爺爺招呼女侍過來。

「怎麼啦，爸爸？」祖蔚這才發現他的父親沒動過盤子裡的食物。

「你們店裡搞什麼東西？」爺爺很發火：「煮都沒煮就端給客人吃？」

「這是生魚片！爸爸！」祖蔚詫異的：「你不是很愛吃生魚片嗎？」

「我就說嘛！」爺爺自怨自艾起來：「人老了還不死就是造孽，連口熱飯都沒得吃了。」

我請女侍做一份鮭魚炒飯，撤下那盤忽然不受歡迎的生魚片。爺爺要去廁所，小齊陪著一起去了。祖蔚湊近我：

「最近怎麼了？帶他去看醫生沒有？」

「醫生說過，想要回從前那個爸爸，是不可能的事了。我們應該面對現實。」

「什麼屁話？又不是絕症，我花得起錢，不信治不好他！」

我放下筷子，這就是我的丈夫，他現在有錢了，不相信這世界有錢買不到的東西。

啊——鄰桌女客驚叫著，憤怒的朝我們看，我看見那年輕女人瑩白半露的前胸，斜斜停著一架紙飛機。

「薔薔！」我和祖蔚一起叫出聲。

祖蔚忙起身向鄰桌賠禮道歉，我轉頭，看見我的五歲女兒用一雙黑亮的眼珠子，毫無悔意也無戒懼的瞪著我看。

「妳做什麼？」我低聲喝問。

「試試看這個紙會不會飛？」她扯著小齊的餐巾紙。

「跟妳說過多少次了……」

「好了好了……」祖蔚回座：「什麼大不了的事？」

我最受不了他這種態度，一、兩個月回家一次，什麼事都沒啥大不了的，反正孩子是我在教養，老爸是我在奉養，是啊，有什麼大不了的嘛！

爺爺和小齊回來的時候，餐廳經理也來打招呼了：

「莊董！家庭聚餐啊？太好了，我常說，像我們莊董這才叫做新好男人，事業又成功，家庭生活又美滿，令人羨慕啊！」

呵呵呵。祖蔚臉上一貫的溫逸知足的神情，他就那麼呵呵呵的將手臂搭上我的肩頭：

「這才是人生嘛！一個男人再成功，沒有好家庭都是假的，沒有用的……」

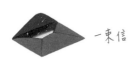

我渾身的神經因他的碰觸而僵硬。

我想像著，在另一個城市，或是上海吧，他也這樣擁著一個女人的肩頭，對前來奉承的餐廳經理說，呵呵呵，這才是人生嘛！

這到底是怎樣的人生？

「我要回家。」蕾蕾低聲含混的。

祖蔚親暱的伸手去拉扯蕾蕾緊結的髮辮：「乖乖，別吵，爸爸跟叔叔聊天。」

看見蕾蕾拱起脊背，像發怒的貓，我知道事情不對，但已經來不及了，她的緊利尖銳的嗓音，穿透整間餐廳：

「我要回家——」

直到坐上車之前，祖蔚還是呵呵好脾氣的笑著。此刻，堵在車陣中，一片靜寂，他的臉部線條緊繃，像一個謝幕下臺的演員，方才的一切，快樂啦，和諧啦，幸福啦，都只是演出，不干他的事了。

後座的祖孫三人都睡去了，車子駛進巷弄的小公園，隱隱可以見到樹下圍爐烤肉的人，我找話和祖蔚說：

「小齊希望我們一家人去烤肉。」

「妳可以找個假日帶他們去啊，爸爸也需要出門活動活動。」

「他希望你能和我們一起……」

「老婆！」他瞄我一眼：「妳知道我在大陸忙得要死，沒那個心情郊遊烤肉。」他說著自嘲的笑了笑：「妳還以為是我們唸大學的時候啊？」

「那時候你的火生得很好。」我悃悵的。

「現在我一年能做兩千萬美金的生意。」

「你是不一樣的人了。」我黯然的。

「當然，當然是不一樣的了。」他臉上燃起神采。

「所以，你只過你自己想要的生活。」

他用審視的眼光看我：

「妳不滿意現在的生活嗎？」

是的，我不滿意，我想過回以前的生活，我想找回以前互相依存的親密和誠信，我想他明明白白告訴我，他在大陸有了女人了，或許，他一直都有許多女人……

「我是想……」

「Shit！」祖蔚大聲的爆發：「轉了一百圈，還找不到一個停車位！我搞不懂妳為什麼不肯搬家！」

小齊、薔薔和爺爺都醒來，祖蔚把車停在門口，叫我們先下車，他去找位子停車。

「爸爸！」他囑咐著：「您先洗個澡，早點睡吧，今天可累了。」

我牽著薔薔到門口，一邊摸鑰匙一邊開了門上的燈，赫然發現，那門鎖已經被撬開了。

「爺爺！你看！」我六神無主的拉住爺爺。

「壞啦！」爺爺說。

「遭小偷啦！」小齊嚷嚷起來。

我們推開門往裡衝，客廳裡明晃晃看起來一切安好，小齊一邊叫著「我的新電腦」一邊往他房裡跑，這動作使我受到觸動，我連忙進到臥室，拉出梳妝臺抽屜，伸手進去，摸不著。我深吸一口氣，將夾層全摸一次，沒有，不見了，竟然，不見了。我的心狠狠沉落，明明，明明在這裡的啊，前兩天我還拿出來看過，怎麼會不見了？難道是小偷？小偷偷走了？

「丟了什麼東西？」祖蔚走來問。

我在床沿坐下，努力轉頭看他：

「沒有啊，沒丟什麼。」

「所以我跟妳說過多少次，值錢的東西全放進保險箱，別留在家裡。」他說剛才遇見鄰居，也說是遭竊了，他去左鄰右舍問問情況。臨到門口，他又問：

「真的沒掉東西？」

我掉了東西了，掉了比「值錢」還有價值的東西，我遺失了一束信。

半年來，我總共收到了二十三封信，署名「仰慕者」的這個人，用壓印著花草的信紙寫信，他的文字很簡樸，內容卻很深情真摯，每一封信幾乎都是這樣開頭的：「我並不願意打擾妳平靜的生活，可是，今天看見妳和一個老人說話……」「我並不願意打擾妳平靜的生活，可是，今天看見妳笑了……」「我並不願意打擾妳平靜的生活，如果妳走路的姿態不這樣優雅……」

開始的時候，我僅僅是覺得有趣，想不到在醫院裡做志工，也能收到愛慕信。曾經在學校裡，收到情書對我而言是家常便飯，甚至在祖蔚公然與我挽手攬腰穿梭校園，仍不能遏止情書攻勢，但，這都是好遙遠的事了，我們結婚十二年，小齊都十歲了，我沒想到還會有如此執著的情書，送進志工信箱中。漸漸的，我發覺這位仰慕者對我的觀察其實是很細膩的，他會發覺我前一夜沒睡好；發覺我並不快樂；發覺我瘦了……這些事，除了他，沒有人發覺。

我開始好奇，這個人到底是誰？究竟在哪裡？可不可能有一天，他忽然出現在我面前，那時候我該怎麼做？我該逃開？還是嚴峻的阻止他：「你不要再寫信來了。」

這真的是我的願望嗎？我希望他不再寫信來嗎？

他的信，讓我每天興高采烈去醫院，讓我的精神氣色都變好了，我並不希望他停止，我喜歡那種被注視著的感覺。

同時，我也在一種類似出軌的情緒中惴惴不安，所以，我藏起這束信，藏在梳妝臺抽屜的夾層裡。現在，它們全部遺失了。

因此，當我的丈夫問我，真的沒掉東西？我確定回答：「沒有，什麼都沒有。」

夜裡，祖蔚伸手過來攬我，我躲開了。

「妳怎麼了？身體不舒服？」

「是，我頭痛。」

這幾年來，都是這樣的，當我拒絕，他便替我找藉口，一定是因為身體不舒服，才拒絕丈夫的吧。我也就順水推舟的說頭疼，為什麼一定是身體不舒服呢？難道不能是心裡不舒服嗎？我的心裡已經不舒服好多年了。

曾經，為了挽回我們漸行漸遠的情感，我懷了薔薔。上一次懷小齊，是我們最愉快的時光，我以為這一個孩子可以喚起一些過去的記憶，但，祖蔚忙得連回臺北的時間都沒有。為了給他一個驚喜，我挺著七個月身孕的大肚子，到上海的公司去找他。公司裡的女職員沒一個認識我，她們上上下下將我端倪打量：

「妳說妳是誰？莊先生的太太？哪兒的太太？」

「臺灣。」我很奇怪自己會這樣回答：「我是他臺灣的太太。」

祖蔚看見我的表情是慌亂的，他既不帶我進辦公室，也不帶我去他的公寓，直接送我到飯店。

「妳怎麼這麼衝動？一個人就這樣跑來多危險？萬一我離開上海怎麼辦？」

「你上海的太太會招呼我。」我說。

「妳說什麼？」他大聲的，嚴肅的追問。

「剛才你們小姐問我，是從哪兒來的太太？好像你有很多太太……」

他從鼻子裡哼一聲，鬆懈下來：

「笨的，連問話都不會問，是哪一個蠢豬，惹得妳不開心，告訴我，明天就叫她滾蛋！」

我笨重的坐在沙發上，覺得自己很像一隻蠢豬。

那一次，我沒有告訴祖蔚為什麼去上海找他。他親自送我回臺北，還和肚子裡的女兒咕咕噥噥扯了半天，才依依不捨的回上海。

我開始嚴重的嘔吐和厭食，整整一個月，胎兒一點都沒長大，婦產科醫生檢查完，將我轉到心理醫生那兒去，他們說我可能有了憂鬱症。薔薔是早產兒，她也是個憂鬱的嬰兒，從小就不大肯笑，現在也是。我不知道她的小腦袋裡在想些什麼，她不喜歡我抱她，也不喜歡和哥哥玩，很多時候她靜靜觀察爺爺，她可以整天不說一句話。有一次，幼稚園老師沉重的將我拉到角落：

「薔薔的爸爸出事了，我們都很難過。」

「出什麼事？」我嚇了一大跳。

「薔薔說，爸爸……死了。」老師遲疑的。

「妳為什麼告訴老師爸爸死了？」我氣得發抖。

薔薔面無表情，她黑亮的眸子盯著我看：

「我猜，他大概死掉了，所以，都不回家。」

那一次，祖蔚將近兩個月沒有回家，連電話也很少打。

從她還是一個胎兒的時候，就感覺到我的深深的怨懟了嗎？所以，她不像別的小女生那樣黏爸爸黏得緊，也不像其他小女生纏著媽媽，生疏與敵意，是她對待父親的態度，也是她防衛母親的方式嗎？

我從熟睡的祖蔚身邊爬起，推開薔薔的房門，她趴在床上，長睫毛安詳的闔上，解開來的長頭髮蓬鬆彎曲的遮住半個臉頰，月亮或是街燈映著她的小臉。我看見她的桌上有幾朵玫瑰，用一種奇特的透明紙摺疊成的，她一向不喜歡大人準備的色紙，她喜歡自己發掘特別的紙。我拿起玫瑰，辨識出這是我不久前擱在梳妝臺上的粉紅色吸油面紙。

我怎麼想也不明白，小偷千方百計潛進來，為的只是要偷走我的一束信？這信對於我或許有特殊的意義，對於別人有什麼意義呢？

這幢公寓確實失竊了，前兩天垃圾車來收垃圾的時候，住在樓上的一位太太殷切的問我：

「一樓的莊太太吧？有沒有丟掉什麼東西？」

「沒有。什麼也沒丟。」

「哦，那就好。」她用一種含有深意的眼光望著我，對我微笑。

她為什麼判定我丟了東西？我的樣子不同嗎？是的，我一定有些不一樣，因為，自從丟了那些信，我再也沒收到信了，我現在甚至懷疑自己是否曾收到過信。我很想打起精神來，好好的上班，但我做不到，那束信不只是信，它像一束璀璨的亮光，照耀了我的生命，此刻，那光熄滅了，我沉入比黑暗更絕望的黑暗裡。

小齊探頭看看餐桌上的便當，他抱怨的：

「怎麼又是便當？媽妳都不煮飯啦！」

「叫爺爺吃飯。」我說。

「我要吃雞腿！」薔薔掀起每一個便當查看：「每個都一樣。」

小齊坐下：「爺爺不要吃。」

「這是什麼話？不吃飯怎麼行？」

我往爺爺的房間走去，敲門叫喚著：

「爺爺吃飯！我們都等你吃呢。」

「吃什麼？那是人吃的嗎？」爺爺聽起來像是躺在床上的。

我站在門外想，好脾氣的婆婆怎麼能忍他一輩子？婆婆心臟病突發去世，也許正是一種解脫？那時候他們住在南部，一年不過見幾次面，見了面大家也都和和氣氣的，我真的從沒想過，婆婆驟逝，公公會患上憂鬱症，搬來和我們一起住。那時候為了父親，祖蔚在我面前落了淚：

「小時候不管多苦，他們總沒讓我吃苦，我如果送他去療養院或是養老院，我就不是人了我！」

「可是我……我沒伺候過老人家，我……」

「把他當妳自己的爸爸，就行了，好不好？」

就這樣，我扛了三年。爺爺見不到祖蔚便罵他，見他回來了又數落我，有時候一整天關著房門不出來，有時候自己霸著電視看通宵。心情好的時候也會陪蕾薔摺紙，去年我生日，他們祖孫二人摺了一百隻紙鶴，掛在我的梳妝臺前。但，我不能天天過生日，爺爺究竟是憂鬱症患者，他近來不肯吃藥，情況愈來愈糟。

「你的藥呢？」我問過他。

「給偷啦！」他回答。

「小偷偷你的藥做什麼？」

「他病了得吃藥啊！」

真是太好了，小偷偷走了我的信，還偷走了爺爺的抗鬱藥，他是不是會變成全世界最快樂的小偷呢？

回到飯桌上的時候，小齊已經吃完正在講電話，薔薔歪在椅子上，怪怪的看我。

「幹嘛？」

「妳怪怪的。」她說。

哼，我對自己笑起來，我能比她怪嗎？

「媽！」小齊拿著話筒：「爸找妳。」

「家裡沒什麼事吧？」祖蔚問，在十里洋場的夜上海，我聽見他聲音裡的心不在焉。

怎麼樣才叫有事呢？是不是要有人死了？

「沒事，什麼事也沒有。」

「聽說爺爺又鬧上了？去看醫生沒有？妳看著他，別去做什麼志工了，自己家裡都管不好了……」

「是啊！我不會管家，我不會帶孩子，我不會做老婆，我什麼事都做不好！」

「幹嘛啊妳？我只是問問妳，有沒有什麼事，沒事就好了嘛！」

我深深呼吸：

「那你告訴我，我們有沒有事？」

「什麼事？」

「我們的婚姻啊！我們的家庭啊！你真的想要這樣過一輩子嗎？如果我不想呢？」我再也控制不住了：「你只想要過自己的生活，你有沒有想過，我也想過自己的生活？我不是你們家的菲傭，我不是你爸爸的看護，你有錢沒什麼了不起——」

用力掛上電話，我轉身，看見爺爺，小齊和薔薔，他們三個人在餐桌旁，都看著我，一動也不動。

我回到房間，失聲痛哭，多少年來，我終於說出了心裡的感覺，我不要再過這種虛偽的生活了。人人稱羨的神仙伴侶；樣板似的美滿家庭，全是假的，是誰把我愚弄到這樣的地步？是祖蔚？還是我自己？

在醫院遇見來產檢的小齊的導師郭老師，我向她提起暑假的夏令營很棒，問寒假有沒有冬令營，我想再替小齊報名參加。郭老師猶豫了一下才說，可是，小齊並沒有參加夏令營，她以為我不想讓孩子參加。我說小齊確實去參加了，不是要繳八千塊錢的費用嗎？一個禮拜在山上的野地營？郭老師說沒錯，但，小齊確實沒參加，她問過小齊，小齊說要和我們去上海看爸爸……

小齊沒參加夏令營，他騙去了八千元，而且消失一個禮拜。回家的路上，我一直想著這件事，我果然不會帶孩子，我對孩子的事竟然一無所知。走進巷子，我低頭掏鑰匙，看見路上有一張攤展的壓花紙，上面寫著一排排的字，很像是我的信。是的，我彎身撿起來，這是我遺失了的信。我覺得暈眩，聽見胸膛裡高分貝的心跳聲，我必須張開嘴才能呼吸，我扶住牆，緩緩的靠上去。

對面小公園裡孩子追逐遊戲的聲音，聽起來空洞遙遠，陽光投射在綠樹上，花花燦燦的，很不真實，我好像突然墜進夢中，只是醒不過來。

我的信，被沿街散布，到底是誰？為什麼要這樣做？

一定是衝著我來的，這個人的目的何在？他想要勒索我嗎？還是……四周忽然安靜下來，我的腦子開始運作，有效而冷靜的，我想我明白了。這一切都是陰謀，全是被設計安排好了的。前兩天志工們還在說，現在徵信社在辦「設計離婚」的業務，仙人跳啦，美人計啦，無所不用其極，雖然收費很高，仍有應接不暇的case，祖蔚很會賺錢，他認為這世界沒什麼買不到的東西，不是嗎？

怪不得再也收不到信了，這些信只是要讓我落入溫柔的陷阱，再羅織一個背叛罪名，接下來祖蔚就可以名正言順把我逐出家門了。可能，那個大陸女人願意幫他照顧父親了，或許那一堆大陸女人願意輪流幫他照顧父親，他再也不需要我了。連孩子他都打點好了，暑假裡偷偷接去上海，看新媽媽嗎？怪不得小齊從夏令營回來以後，每天躲在房裡玩電腦，他聽了父親的話，要疏遠母親嗎？還有爺爺，他故意藏了藥，就是為了找我的麻煩嗎？他從來沒對我滿意過，現在和他們連成一氣，要把我攆走了？

「媽！」不知過了多久，我看見小齊的臉，他對著我喚。

我發現自己正坐在沙發上，天已經黑了，他走去捻亮客廳的落地燈。

「媽我們都餓了，要不要去買便當？」

「你怎麼可以這樣對我？」我捉住他的手腕。他嚇了一跳，沒有說話。

「你去上海了？騙我要去夏令營，結果去看你爸爸？還看到了誰？」

「媽！我沒有啊！」

「你還說沒有？」我的手揚起來，劈頭一陣打：「你還騙我！還騙我！我看見郭老師，她都告訴我了！」

「我沒去上海啦！」小齊蹲下來，抱著頭：「我把錢拿去買新的軟體了……」

「你把話說清楚。」

小齊說他真的好想要那套新軟體，可是我不准他買，說是他花了太多時間玩電腦，他不得已才騙我說去夏令營。那個禮拜他都住同學家，同學和同學的哥哥把軟體拷貝一份，做為收留他，幫他保密的條件。

「妳不信去問我同學嘛！」他蹲在地上嗚嗚的哭。

我倚進沙發裡，看見牆邊一閃而過的，薔薔的黑眼珠。

晚上八點多，我煮了簡單的烏龍麵，招呼小齊和薔薔來吃，然後去敲爺爺的房門。敲了半天，鎖上的門後沒有回應，我問孩子今天有沒有看見爺爺？他們都搖頭，我有些慌了，叫小齊去找鑰匙，一陣忙亂打開門，黑暗中一股異味撲鼻。

「臭死了！」薔薔大喊。

打開燈，我看見爺爺搖晃著身子，嘴中唸唸有詞，臉孔凹陷積敗，他很多天沒有洗臉、洗澡，油膩的頭髮糾結在一起。

「你看看你！」我大踏步上前，把他從床上拉起來：「又髒又臭！給我去洗乾淨！」

「我知道了！」他掙扎著喊叫：「你們遲早要把我給丟出去的，嫌我！嫌我又老又沒用，我偏又活著不死啊！造孽——」

我叫小齊幫我把他攙進浴室去，爺爺一路喊著：

「祖蔚！祖蔚啊！你這個不孝的，看你媳婦怎麼折騰我！我還活著幹什麼啊！」

我推他進浴室，他又掙扎著跑出來，我用力推他進去，把自己也鎖進浴室。

扭開水龍頭，在嘩啦嘩啦的水聲中，我指著他：

「脫！」

「我要找我兒子。」他倔著。

「你兒子，我丈夫，他不會回來，這家裡就只有我，你看清楚，是我照顧你的生活，是我在奉養你，我真的想把你當成我的爸爸……你只想著他，他能指望嗎？我也想指望他，他現在在哪裡？」我的眼睛乾乾的，看著他，我說：「脫吧。」

爺爺緩緩的脫光衣服，進了浴盆裡，呆呆的坐著。

「洗啊！」我說。

他紋風不動，我的火氣上來，一把抓起沐浴乳，從他頭上擠下去，一邊抓起海綿用力搓洗。

「反正我從來就不是好媳婦！你從來也沒看我順眼過，你有個了不起的好兒子！他會再給你挑一個挑一百個好媳婦來伺候你，你再也不必生氣了，也不必吃藥了，很快就要天下太平了！」

蓮蓬頭的水唰唰的沖著，我擰了一條毛巾替他抹臉的時候，發現爺爺哭了。

我停住手，詫異的看著他因為哭泣而抽搐的臉孔，不只是臉孔，他全身都在顫抖。一個赤裸裸的老人，在我的粗暴之下啜泣，這景象令我震動，怎麼會變成這樣呢？

「爺爺……」我輕觸他還有泡沫的肩胛。

「妳要走了！」爺爺爆裂的哭出聲：「妳要扔下我們，不管我們了——」

我愣住了，不能反應。

「我知道，我都知道，妳就像奶奶，像奶奶一樣，從來不生氣，一生氣……就扔下我不管了！」

「不是，奶奶是心臟病死的，她不是生你的氣。」

「妳不知道，她是生我的氣，我總是嘔她，她那天說，你真是要氣死我，我再也不理你……到晚上，她就死了，我怎麼求她醒來，別生氣了，是我錯了，她都不理我……扔下我一個人，再也不管了……」爺爺哭著說著，鼻涕長長的垂下來。

我一直不知道，奶奶病發當晚曾和爺爺鬥過氣，祖蔚一定也不知道。是為了這個原因，爺爺才得了憂鬱症嗎？他一直沒原諒自己，他一直有很深很深的恐懼。

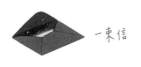

「妳就像奶奶一樣，從來不生氣，一生氣就要走了……我知道，妳要走了……」

我頹然坐在馬桶上，喘息著，一點氣力也沒有。

安頓好爺爺，我去洗碗，小齊跟進廚房，他說：

「爸爸剛打電話回來，說他今天夜裡會回來。」

是該回來了，這一切都得有個了斷。

「媽媽對不起。」小齊的聲音低低的：「我以後再也不敢了……」

「我打痛你沒有？」

「一點也不痛。真的。媽！」小齊靠近我身邊：「你們如果離婚，我可不可以跟妳住？」

我看著他，說不出話，他為什麼有這樣的直覺？或許他一直都在做這樣的準備和打算？

「去睡吧，晚了。」我把洗好的碗送進烘碗機。

爺爺房裡的窗戶半開，我去把窗簾放下來，現在這房裡是清新乾淨的肥皂味兒。吃過藥的爺爺已經睡去了，微微響著鼾聲。

經過薔薔門口，發現她並不在床上，我進了房間，看見薔薔蹚在牆角，白白的小臉有一種怠懶的神氣。

「怎麼了？妳不舒服？」我摸她的額頭，沒有熱度。

她盯著我看，不開口。

「該睡覺了，明天早上起來就看見爸爸了。」

「妳要去哪裡？」她脆亮的童音響起。

我挨著她坐下，學她一樣蹚起身子，看著她不說話。

「妳不要生我的氣好了，我以後不敢了。」

我忽然覺得鼻酸，她才五歲，她做錯了什麼了？

「我以後不會亂拿妳的東西。」薔薔仍繼續說，她眨著圓圓的眼睛。

「妳拿了什麼？」我不是好奇，只是無意識的問。

薔薔拉開她的抽屜，翻出各式各樣的紙張給我，有電話賬單，廣告目錄，吸油面紙，還有，壓印著花草的信紙，我遺失了的那束信。

「這是，這是妳拿的？」

「我想試試看這個紙會不會飛。」薔薔說。

「妳去媽媽梳妝臺拿的？全部拿走了？只剩下這些了？都摺成飛機，飛走了？」

薔薔閉著嘴，一個勁兒的點頭。我捧住臉，癱在牆邊，既想哭又想笑。

「媽媽，我以後會聽話，妳不要走，好不好？」薔薔拉我的手臂。

我恍惚的看著她，找不到語言的組織能力。

「媽媽妳走了我會很害怕很害怕……」薔薔的鼻子紅了，她的眼淚撲簌撲簌掉下來。我的從不哭泣的小女兒，拉著我的手哭起來了。

「乖，薔薔乖，不要怕，媽媽陪著妳，哦？」我抱住薔薔，已經好久，我沒有抱過她了，她溫熱的身子緊緊的貼住我，急促的心跳鼓動著。

我抱著她，哄她入眠，夜愈來愈深了，祖蔚正在回家的路上，而我也在尋找自己的路上，這一次我們的相遇，或許應該在我的路上，而不是他的路上。

薔薔已經睡熟了，我抬頭看見窗外的圓月，今夜又是十五吧？這麼圓又大的月亮。距離中秋，恰好一個月。

絕情記

各種花色的貓，睡在壇上，
行過階梯，佇在廊簷，
每一隻貓都緊緊盯著她看，
牠們一隻隻弓起脊背，像人一樣立起前腳，
露出猙獰的樣子。

熱啊，好熱好熱，楊霓走得喘起來了。不是才暮春三月嗎？香港怎麼能熱成這樣？起碼有攝氏三十度。或許因為臨走前在溫哥華還穿毛衣厚外套呢，她才飛到香港上空，就覺得不舒服，落地以後，香港的悶濕與漚熱一直令她的皮膚有燒灼的不適感。同行的丈夫倒不覺得，只取笑她：「總不出門，連旅行也不適應了。這可不成，我得常常拐了妳陪我出差。」

真的太熱了。

她走著，把手中的地址仔細看了看，是九龍的上海街，沒錯。這裡就是她要尋找的地方。

丈夫的老奶奶，年紀輕輕就離了香港，臨行前曾在這條街上畫過一幅像，後來一直惦念著，若能再回來畫一幅像，就了無遺憾了。可是，老奶奶去年中了風，半身不遂，再不能返港，也不能畫像了。近來要過八十歲大壽，兒孫們想讓老人家高興，於是拿了照片，讓楊霓夫妻帶到香港來。丈夫整天忙著開會，這兩天還跑進大陸去，畫像的責任自然就落到楊霓身上了。

上海街仍保留了許多舊日香港的痕跡，有些外國人一路走著一路攝影，也是一種紀錄吧。那些正在消逝中的舊式建築和生活習性，連她看著都覺得好奇。

就像剛剛經過的一個熱水瓶醫院，專修瓶膽和打破的瓶身的，因為現在用的都是電熱水瓶，她幾乎忘記熱水瓶原來是有瓶膽的。店門口放著一人高的熱水瓶模型，舖子裡還陳列著各種年代的熱水瓶。

她走進去，看見一只纖細巧緻的寶藍色瓶子，上面繪著已經褪色的遠山白雲，她忽然覺得眷戀，好像曾經在哪裡見過，她伸手輕觸瓶身，忽然升起一種奇異的感覺……有個人問她是不是要修這只瓶，她說是的，這是法蘭西捎回來的，你們能修得好嗎？那人笑著說，我們師傅雖然年輕，可沒什麼不能修的。她隨著那人抬頭，看見一個修長的米白色身影，恍恍走過來，那身影令她呼吸促迫起來，雖然，她看不清那人的面貌。一陣暈眩，她深吸一口氣，看清楚並沒有什麼米白色身影，剛才只是自己發怔了，可是，這場景確實很熟悉，或許是曾經看過這樣的小說或者電影，又或者是作過這樣的夢吧？

她向老闆詢問是否可以購買這只瓶？老闆說這是先人的珍藏，很抱歉。不過可以看看其他更漂亮的樣式，若有中意的可以割愛。她不明白為什麼這麼想要這只瓶？或許是因為在夢裡見過吧。是的，就在這幾天，她夜夜作奇怪的夢，這夢尚且是連續的，她穿著清末民初的，雲彩般的美麗衣裳，牽著個小女孩去看戲，嗑瓜子吃蜜棗。

她去廟裡燒香，看見一隻很弱的小乳貓，嬰孩一樣的啼哭，她彎下身憐愛的看著，卻不敢帶回家，爹爹要罵的。一個男人在她身邊蹲下，她彷佛是認識他的，並不驚疑，還抬頭對他微笑。男人說：「想要嗎？我替妳養著，好不好？」她點點頭。

「可是，妳得常來看牠，要不然牠可是會傷心的。好不好？」

她忍不住想笑，究竟是貓兒會傷心？還是他會傷心呢？她於是極其嫵媚的笑起來，點點頭。

她常去逗著貓咪玩，那男人在廟後的陰暗處，忽然攫住她的腰，她掙動，卻充滿刺激和狂亂的喜悅。男人說：「我不能工作，我再不是最好的師傅了，為了妳，我要發狂了！」她覺得一顆心惶惶幾欲崩裂，只能攬住他。

小女孩跑來叫表姐，說快回家去，家裡人找來了。

她回家去，很不快樂的喝著茶，梳一條長長的辮子，穿著美麗的衣裳。她彷佛看見自己被圈禁在一間房裡，華麗的牢籠，她哭著，和什麼人爭吵著，不知所以的痛苦著，她記得自己想要死。她夢見有人牢牢的，緊緊的牽住她的手，說：

「不如我們逃到海外去。」她記得自己憂慮得身心支離：「你的爹怎麼辦？我的娘怎麼辦？」彷彿在這些夢裡，她將這只熱水瓶，交到他的手上，當作信物，她說：「山高水遠，我們總要在一起，什麼也不能擋。」

這些夢異常清晰，細細想起來好似皆有脈絡可尋，但她沒法細細想，一想就覺得炙熱得疼痛。

她轉進一家龜苓膏百年老店，想著清火袪熱，那黑玉一般的膏藥透著股香氣，冰涼的擱在面前，糖霜淋上厚厚一層，捻起湯匙還沒挖下去，自己的臉清楚的浮映在黑膏上了，像一面鏡子。這鏡子很深，她看見的是一個似曾相識的女人，蹙緊眉頭，眼中蓄淚，好像聽見一旁的女聲在數落：

「妳得仔細想想，我們是什麼樣的人家，一個補瓶子的工人，怎麼配得上？怨不得妳爹罵妳自甘墮落……」

她猛抬頭，害怕自己會一路陷進去。匆匆吃完龜苓膏，她開始擔憂自己是不是有了幻聽？可是，透心涼的感覺確實令她舒服一些。

穿過幾個街口，終於看見小小的畫舖了。一個老人在簷下打盹，身邊堆著許多油畫，那些畫像有男有女，有老人有孩子，色彩豐厚明豔而飽滿，楊霓嗅到顏料的氣味。她上前喚老人醒來，老人的唾液長長的垂到胸前，轉醒時盯著她看：「哦，蘇姑娘來取畫啊。」

說著，蹣跚起身，向陰暗的樓梯間走去，楊霓知道老人認錯了人，卻好奇的想知道老人會拿什麼畫給她。細細的木梯上，擺放了許多畫像，有些看起來年代已經久遠了，那些人為什麼竟沒有把畫取走呢？

「啊！在這裡呢，我知道蘇姑娘會來，我可保存得很好啊。」

老人翻出一幅用層層黑布包裹的畫，絮絮叨叨的：

「這是我爹最得意的畫，他一生潦倒，可畫了這幅就沒有遺憾了。」

蒙塵的黑布被揭去的時候，楊霓有一刻無法正視這幅女子的畫像。

這年約二十的女子，穿著她夢裡的雲彩的衣裳，一根烏亮長辮子搭在胸前，微微笑著，溫潤動人的美麗，她的懷裡棲著一隻貓，整個人如此立體，好像下一刻就要走出來似的。楊霓再度將眼光落在畫上，她覺得自己認識這個女子，她一定認識她。可是那隻貓令她不安的起寒顫，或許因為她從來不喜歡貓的緣故吧。

老人在她出神的時候恢復了神智，他有些莽撞的將畫收回來，好像她是個竊畫賊似的：「妳是誰？妳不是蘇姑娘。」

我沒說我是啊。她覺得好笑，向老人探問這位蘇姑娘究竟是誰，老人搖搖頭不肯說。楊霓取出老奶奶以前畫像的照片和現在的相片，請老人過目，老人忽然激動起來：

「是小鵲兒啊！她現在這樣老了？當年她離港，還是我替她畫的像呢。」

楊霓對老人還記得老奶奶的事也覺得高興，她從沒聽過有人叫老奶奶小鵲兒，可聽起來又如此親切，好像老奶奶很應該叫做小鵲兒的樣子。

「小鵲兒就是蘇姑娘的表妹嘛！蘇姑娘出事的時候，她還不到十歲……」

楊霓追問蘇姑娘出了什麼事？既然是親戚，她很應該表示關心的了。

「不就是那場火？真是……冤孽啊！」老人抬頭端詳楊霓：「妳真像她，像蘇姑娘，妳是小鵲兒的什麼人啊？」

楊霓怔怔的站著，原來她像蘇姑娘，怪不得老奶奶一見她就投緣。當年楊霓動過子宮手術，醫生宣布她只有十分之一受孕機會，家中一片反對聲中，老奶奶堅決支持丈夫和她的婚事。

「相愛的人不能在一起，就是悲劇。都什麼時代了，你們還要製造悲劇嗎？」老奶奶平日裡不過問什麼事，只是樂天知命的過日子，一旦說出這樣的話，家裡從上到下再沒人敢反對了。丈夫家的人都說，這些兒孫輩沒一個像楊霓這樣得寵。難道是因為，她長得像老奶奶的表姐蘇姑娘？可是老人說蘇姑娘是讓火給燒死的，無緣無故怎麼會死在火中？她不敢再往下想，轉身走開，心裡亂得失了法度。

「喂！妳不畫一幅像嗎？蘇姑娘很愛畫像的……」老人的聲音在背後追著。楊霓彷彿是逃出來的，從另一個遼遠的，火焚的世界裡逃出來。

鈴——手機的鈴聲將她牽回現實的喧囂人世。

丈夫的聲音貼著她的耳，熨著她的心，忽然之間，讓她得著了倚靠：

「我很想妳，今天晚上就回香港，不管妳和誰約了吃晚飯，都得把他推掉，只可以有我一個人……聽見沒有？」

楊霓笑起來，這就是她的現世人生啊。她愛嬌的說那可不一定，今天晚上排得好滿好滿，不知道能不能挪出時間呢。丈夫在那頭哀號完蛋了，愛情的危機就是生命裡最迫切的危機。她一直笑，笑過有微微的喘。

「妳好像很累，乖乖回飯店去，別逛了，好好休息。等我回來，像王子一樣把妳吻醒。好不好？」

她沒有回飯店，因為前一天睡午覺時，飯店不明原因停電，她吃了安眠藥，半睡半醒之間，電視忽然開啟，她就莫名其妙的看了一齣戲。演員都是不認識的，好像有一對身分懸殊的戀人被拆散了，他們在一座廟裡立誓不能同生便同死，然後突然起了一場大火，女人葬身火窟；男人在夜深之後，獨自去廟前的梧桐樹投繯自盡……很古老的劇情，很粗糙的畫質，可是楊霓不知道為什麼，一邊看一邊止不住的掉眼淚，非常非常的憂傷。

醒來時她不確定自己是否看過這樣一齣戲，而枕上猶有淚痕。她不想回飯店，不想再去面對那些詭異的情緒，她只想看見丈夫樂觀的笑容，溫存的眼神。

實在太熱了，她需要休息一下。順著上海街轉到街市街，她看見一座廟宇，前庭許多或散或聚的老人，聊天、下棋，看見她顯出好奇的模樣，這裡竟沒有年輕人。那座廟安靜的匍匐著，看起來彷彿陰涼，她想走進廟裡，逃避燒灼的炙熱。加快腳步往前走，抬頭看見高懸的牌匾，上面寫著：「天后古廟」。

整個天地驀然陰暗下來。

「天后古廟」，她分明來過許多次，在這裡燒香、拜拜、遇見那個人、養貓、約會、誓生死、盟來生……許多許多貓，她看見各種花色的貓，睡在壇上，行過階梯，佇在廊簷，每一隻貓都緊緊盯著她看，牠們一隻隻弓起脊背，像人一樣立起前腳，露出猙獰的樣子，咧出白森森的牙齒，她害怕的想逃，卻沒有力氣。一個男人，穿著米白色唐衫的年輕男人，從廟裡走出來，他緩緩走向她：

「我等妳，等了好久好久。」

楊霓的呼吸停止，她眼前一暗，軟軟的倒下去。

終於可以安睡，其實卻是甦醒。醒在蘇姑娘的閨房裡，她才和情人盟誓過，就被關在家裡，父親下令把她綑綁著，扔在床上。她想著那些相戀的深刻，忽然後悔了，為什麼相愛就得求死呢？活著才有希望啊，活著才能奮鬥啊，為了愛，她不能死，情人也不能。她掙扎著從床上滾下地，被她偷偷抱回家的貓咪，圍著她叫喚，她止不住貓叫，又怕驚動了家人，急得踹貓一腳。貓受了疼銳叫一聲，騰起身子，躍過桌面，打翻了油燈。燃著的燈火全倒在她身上，她的手被反翦著，雙足被綑縛，翻騰嘶喊，受火燎之苦。好熱好熱，好痛好痛……

「我絕不會獨活。」說話的男人，是幫她修熱水瓶的師傅，在廟裡替她養著貓，與她盟誓生死，刻骨銘心的情人。

她再沒有機會告訴他，她並不是殉情，她並不想死。

她看見情人去廢墟看過之後，趁著夜色，將自己掛上梧桐。

「不要啊……不要！」她不想他死，不要死，不要。

她的淚，他的淚，他們的纏綿與熱情。

「妳不能忘記我們的約定，不能忘記我。跟我走，跟我走……」

原來是這樣的前世冤孽深情，她明白了。是他在聲聲召喚她，在各個不同的地方，用各種不同的方式。她仍記得，記得曾經他們相愛的事。他終於找到她，喚起她的記憶，現在，他要帶她走了，他們是一對苦戀的愛人。

那麼，就跟他走吧。她的輪迴，不就是為了要再與他重逢嗎？

「不可以離開我，楊霓！」丈夫在遠方叫喚她。

她掙扎著，從蘇姑娘的記憶中翻轉進楊霓的記憶。

她是楊霓，不是蘇姑娘，她有一個很疼惜她的丈夫啊。這男人對她的迷戀毫無理智；對她的愛寵沒有節制，他讓童年失歡的她，情感飄泊的她，心甘情願的安定下來。

她記得動子宮手術的時候，他明明在日本出席一項重要的商業會議，卻臨時抽身返回加拿大，為的是要讓她手術後第一個看見他，讓她知道他對她的心意一點也沒有改變，他愛她，他要她。「不管發生什麼事，我都要和妳在一起。」他是她今生的摯愛啊。

「跟我走。」情人在催促。

「不要離開我，我不能沒有妳。」丈夫的乞求。

她知道自己應該怎麼做。為了對今生有情，她必須斬斷記憶，對前世絕情。我不能和你走，她說。我的丈夫需要我，我也需要他。她對前世的情人說。

「我再不會離開妳。」情人固執的。

楊霓在醫院裡休養了一個禮拜才出院，上飛機的時候她已經精神多了。丈夫一路上不肯鬆開手，緊緊的握著她，對於她突如其來的怪病，他一直心有餘悸。但，楊霓覺得丈夫似乎隱藏著什麼祕密，悄悄的喜悅著。

快要降落的時候，丈夫從隨身行李中掏出一件禮物：

「這是買給妳的香港紀念，妳一定喜歡，打開來看看。」她揭開包裝紙，看見那只熱水瓶，整個人驚獃了。

「怎麼樣？很雅緻吧，還是法國進口的呢，快一百年了……」

怎麼會？怎麼可能，他們不是說不能賣的嗎？難道是因為，她終於解開了關

於這只瓶的祕密？

「替老奶奶拿畫那天，正好看見，覺得真適合妳，就買來了。主要呢，是要慶祝一件大喜事……」丈夫親吻她的面頰：「恭喜我們，妳懷孕了。」

懷孕？不，不可能的，楊霓不能相信。

「是真的，醫生很確定了。他們猜想，妳的不舒服可能也是因為懷孕的緣故。」

從來沒想到，有一天可以懷孕，生一個孩子，成為母親。

楊霓低頭輕撫瓶上的遠山白雲，想起曾經說過的誓言，「山高水遠，我們總要在一起，什麼也不能擋。」她忽然微微的顫慄了，同時，炙燙的淚水滾滾流下來，她記起曾經有過的，一個生生世世的盟約，一個固執相尋的情人。

桑樹唱歌的夏天

避暑的夏天她撫著腹中小生命，
站在樹下唱歌；颱風那一夜她找不到人幫忙，
桑樹在窗外焦急的徘徊陪伴；桑樹是她的親人。

紀嫣如在枕上輾轉著，想醒來卻不能夠，她聽見小孩子的呼喊聲：

「那裡啦！好大的葉子。」

「喂！我還要！多一點，給我多一點……」

那些男孩女孩叫著笑著，聲音忽遠忽近，她感覺到自己正向他們走去，走到一棵樹下，茂密的枝葉伸展著，看不見邊際，遮住了天。每一片葉子都在顫動，煞煞煞……在枝椏上扭轉著，彷彿要掙脫。許多小孩子跳起來，像飛一樣的高，他們一大把一大把的把葉子揪下來，唰唰唰……

「這是我家的桑樹！」她聽見自己的聲音，細弱的，費力的嚷叫：「不要拔我的桑葉！」

唧唧咕咕！孩子們古怪的笑著，圍聚住樹幹，他們合力，一、二、三，一、二、三，使勁將樹推倒。不要啊！嫣如大喊，從午寐中醒來。

窗外，事實上是院子外的吵嘈仍很亢奮，她知道附近的孩子又來偷採桑葉了。從小，她就是這棵樹的守護者。此刻正是初夏五月，桑樹開花的時節，她不想讓孩子們的輕忽和粗暴折損了桑椹的生長，於是，整了整衣衫，隨意用手帕紮了長髮，走進院子裡。將近兩人高的桑樹已有二十歲了，長得高挺粗壯，種植在圍牆邊，一半的枝葉都伸出牆外。以往，很多孩子用竹竿或是鐵絲鉤桑葉，不經意便傷了花和果，否則，她其實並不介意分一點桑葉給養蠶的孩子。養蠶，對現代的孩子來說，大概是一件很奢侈的事了吧？

這一次，她看見一個特別的景象，一個男人，攀緣在樹上，迅速的採摘一疊葉片，扔給牆外的孩子，每一拋撒就激起一串歡呼，就像一位出巡的國王，向他的擁護者拋擲金幣一般。那些葉片在午後的陽光裡翻飛墜落，果然像一枚枚金色的錢幣，嘩！嘩！嘩！孩子們的歡呼聲中，那男人的動作輕巧準確，嫣如用挑剔的眼光看著，一時間卻還挑不出什麼毛病。男人敏捷的翻站上牆頭，展開雙臂，向牆外的擁護者彎腰行禮，就像馬戲團裡空中飛人平安落地以後，接受觀眾歡呼致意。牆外的掌聲喊聲一時歡騰，空中飛人在得意中旋身，便看見了嫣如，她環抱雙臂，沒有表情的注視他。

男人的第一個念頭是跳牆逃跑，他已經彎下膝蓋，卻又站直了。牆外的喧譁一時靜止，除了早蟬的鳴聲，空氣彷彿凝凍了。

男人跳進牆裡，有些窘迫的：

「呃，桑小姐，對不起，我……」

「我不姓桑。」

「對，對不起，當然妳不姓桑，我真的很不好意思，我叫阿勳，我是以為……」

「以為這裡沒人住啊？每個來偷葉子的人都是這樣說的。」

「可是，我真的不知道……我不是有意要偷的，我……」

「老師！老師！要上課啦！」牆外的孩子叫著，又不敢太大聲。

「我是晴光國小的老師。」阿勳垂下肩膀，喪氣的。

「哦。」嫣如有著不懷好意的恍然大悟：「原來是老師！」

「對不起，桑小姐，呃，不是，對不起，小姐，我可不可以知道妳姓什麼？」

嫣如聳了聳肩，不打算回答。

「我是想，採了這麼多桑葉很抱歉，那，可不可以算是我跟妳買的？」

買？嫣如覺得被戳了一下，莫名的全身緊縮，這要怎麼買？誰也買不起。這棵桑樹與她之間的關係，世上沒有任何財富可以衡量，這個獃頭獃腦的男人竟然要向她買？

「算了，你走吧。」她走去開門，門外一群小學生迎著阿勳。

「謝謝。謝謝妳。」阿勳擁著孩子們離去，她正要關門，阿勳忽然又轉回來，熱切的臉孔閃亮著：「以後我們還可以再來採桑葉嗎？」

嫣如先是愣住了，接著便是憤怒：

「下次你敢再來，我就報警。」

砰！陳舊的紅色木門重重的緊閉。

天忽然陰了，嫣如緩緩走到樹下，她的手掌溫柔的覆在粗糙的樹皮上，來回摩挲著，這真的是一棵大樹了，她的指尖似乎能夠感受到樹木內裡的脈搏振動。很難想像那一年，這棵樹來到她家像盆栽似的。那一年父親病了，住在醫院，為了病癒後的父親可以有較好的環境休養，母親帶著他們姐弟三人搬來了郊區的平房，新建成的房子，院子裡的草花不少，卻沒有樹。母親熱衷於玫瑰和百合，八歲的她給病中的父親寫信：「我想，如果院子裡有一棵大樹該有多好，我們可以爬在樹上唱歌，和小鳥打招呼，還可以看見飛機從頭頂飛過。」那時候她剛學會「該有多好」這個詞彙，覺得真是一個幸福的詞彙，信上很多造句：「爸爸的病趕快好了，就可以回家來，我們全家在一起該有多好……」「今天看見美琦表姐過十歲生日，穿著很漂亮的衣服，舅舅請了很多小朋友幫表姐過生日，每個人都準備了禮物，好羨慕啊。等我十歲的時候，爸爸也幫我請小朋友來過生日，可以得到很多禮物，該有多好啊！」

母親後來接了父親回來，兩個弟弟對父親都很生疏，嫣如卻和父親分外緊密親愛，因為父親帶了這棵種在盆裡的桑樹回來。

「好小的樹啊，它真的會長大嗎？」她每天觀察，每天發問。

「會的，它會長得很高很大，以前的採桑女都要爬到樹上去採桑葉呢。」父親說著，一邊替她編辮子。自從父親回來，母親便早出晚歸的忙著工作，照顧孩子和烹煮三餐都由父親負責。

弟弟聽說是桑樹，便興匆匆去領養了一窩蠶寶寶，不過三天就把桑樹吃禿了。嫣如大哭，逼著他們把蠶寶寶送走，不准他們靠近她的桑樹。從那以後，桑樹便成她和父親的了。父親應允她開春以後要把桑樹移植到土裡去，才能長大長高，過完年父親躺在床上的時間愈來愈多，兩個弟弟都被送到了舅舅家，剩下嫣如留在父親身邊，她只有九歲，卻已感覺到一些不可挽回的東西，正在倉卒流逝，心中被焦灼牽扯著，趕不上了，一定有什麼趕不上了……開春以後，天氣冷的時候還是多些，她忍不住催促父親：「不是說春天要把樹種在院子裡嗎？」

「是啊。」父親說話便喘：「再等兩天，我精神好一些就種。」

「已經等了好多天了。」她的眼淚上來了，像在賭氣似的：「春天都過完了，來不及了啦！」

父親沒有說話，沒有安慰她，疲倦的閉上眼睛。

第二天放學回家，她看見桑樹被栽種在院子的土壤裡，泥土剛剛翻過，有一股甜腥味。她摔下書包進屋裡，沒有找到父親，黃昏以後舅舅來接她去醫院，父親躺在病床上，握住她的手：「那樹，看見了吧？」

她點頭，心裡怕得不得了。那樹一點也不重要了，只要爸爸好起來，我不要那樹了。她憋著這些話，胸口好疼，快要窒息似的難受。

「以後妳要好好照顧那樹，等樹長大了，爬上去，採桑椹吃……」

這是父親昏迷前和她說的話，三天後父親過世了。曾經，她的期盼，「該有多好」的樹上唱歌；「該有多好」的全家團聚；「該有多好」的十歲生日，全部無法實現了。她一直不敢和人說起，父親的死或許就因為她的桑樹，桑樹現在屬於她一個人的了。

桑樹，為什麼正巧是這個發音？桑啊桑，她忽然覺得寒顫，難道真有什麼微妙的關連？

嫣如從公車下來，正想拐進雜貨舖，忽然被攔截下來。一身運動服的阿勳戴著鴨舌帽，好像剛跑完百米，連鼻頭都是紅的。

「紀小姐。妳好，我是阿勳。」

「晴光國小的老師，有什麼指教？」

「我想和妳商量桑葉的事……」

「抱歉，幫不上忙。」嫣如轉身走進舖子，向老闆娘買冬瓜茶糖磚。

阿勳晃呀晃的跟著進了鋪子，老闆娘笑著嚷嚷：

「哎喲，阿勳老師這幾天到處打聽妳哦，我們跟他說妳已經結婚了，他沒有機會啦！」

嫣如木著臉，拎了糖磚便搶出店門，她走得很快，知道阿勳仍緊緊跟隨。

「你到底想怎麼樣？」她霍然轉身。

阿勳被嚇了一跳，又露出想逃走的態勢，但，終究鎮定下來：

「我很誠心誠意想和妳談一談，關於那棵桑樹……」

「我的桑樹正在開花，我不想讓它受到任何傷害。」

「其實，修剪一下，或者摘取一些葉子，會讓花開得更好……」

這個人講不通的嗎？她的耐心和禮貌失去了：

「這是我的桑樹，我不想任何人碰它。夠清楚了吧？」

在她轉身離去時，聽見阿勳說：

「那不是妳的樹。」

「不是我的？真是太奇怪了，請問那是誰的？」

「妳種下它，妳照顧它，可是，它並不屬於妳。」阿勳的態度溫和，措辭堅定。

嫣如無力與他論辯了，她覺得疲憊，今天她已經爭戰了大半天，只想好好休息。為什麼要和一個不相干的人，打桑樹所有權的官司呢？

「好吧。」她嘆息似的笑了，一點火藥味也沒有，甚至根本就是無所謂的：「謝謝你告訴我。」

一個年輕的老師，不過想要幾片桑葉罷了，何必這樣劍拔弩張呢？再貴重的東西，她也不得不放棄了。

她站在桑樹下，抬頭尋找葉縫中初初結成的椹果，像一串串縮小了的葡萄，空氣中飄著熬煮冬瓜茶的氣味。她想起前兩天和晉宸的對話，那天他感冒了，打電話來問她熱檸水怎麼泡？談著談著，她忽然問：

「那時候，你為什麼覺得是我？」

晉宸停了停，有點尷尬，順道咳幾聲，然後說：

「應該是妳的桑椹酒吧？自己釀酒，又用自己家裡的果子，很特別了吧？我爸媽也是這樣覺得，覺得妳一定是個好……」他頓住了，把「媳婦」兩個字咽進去。

那年母親從美國回來，發現她已經二十六了，還沒有一點動靜，便安排了晉宸他們來家裡吃飯，晉宸的父親，也就是嫣如的公公，是她舅舅生意上的朋友。晉宸心不甘情不願在家裡照顧燈飾進口的生意，嫣如第一次去他們家的展示部參觀，讓那些水晶燈飾照得睜不開眼，她發現晉宸母親的穿著打扮也有異曲同工之妙。晉宸一直抱怨父母替他安排一切，卻對嫣如一見鍾情。他要結婚自立門戶，他說他需要的是像嫣如這樣的妻子，嫣如需要的是一個家，從她母親和弟弟移民美國之後，她就想要一個家了。

婚後晉宸的父親退休了，把生意交給晉宸打理，他再不提自立門戶這樣的事，嫣如愈來愈沒有與他相處的時間。婚後兩個月，嫣如注射了德國麻疹疫苗之後發現自己懷孕了，醫生建議她為免產下畸形兒，最好做人工流產。她驚惶的與晉宸商量，希望丈夫支持她，晉宸卻將整件事交給母親處理，跑去法國出差了。婆婆的裁決是：「晉宸是獨子，這可是長孫，我們誰也擔不起。生！生下來，只要妳能生，我們李家就養得起！」

嫣如沒有依從，她自己去動了手術，躺在床上，聽見婆婆打電話十萬火急叫晉宸回來；聽見婆婆打越洋電話去美國對她母親叫罵，夜裡母親的電話來了，對她說：「不要自責，妳的決定是對的。」她在黑暗裡哭泣，淚水涼涼的流進耳窩，積存成一窪鹹鹹的苦楚。

懷上第二胎，婆婆對她前嫌盡釋，好言好語，說是替孩子算過命了，是個大富大貴金包銀的好命格。夏天她怕熱，又不能吹冷氣，便回娘家去住。颱風來的時候，院裡積滿了水，她怕水淹進房裡，於是去消除排水孔的落葉和泥沙，彎腰下去感覺腹部痠軟，她勉強撐著，通暢了排水孔，看見污水汩汩的流下去。那一夜，她的血也汩汩的流出來。

失去第二個孩子，最悲傷的應該是她，婆婆卻先崩潰了，抓著話筒對她母親嘶吼：「妳女兒跟我們家有仇啊？她非要讓我們李家絕子絕孫——」

母親在電話裡哭起來：「怎麼會這樣啊？妳到底是怎麼搞的？」

晉宸呢？此刻她最需要丈夫在她身邊，晉宸沒有替她說一句話，完全置身事外，她能忍受丈夫幾次的背棄呢？她問自己。

等她身體好一些，去向婆婆賠罪，照著舅母教她的話，低聲下氣的講。

「不必了。」婆婆的話把她一段段斬開：「想生孩子妳這一輩子是不必想了。我幫妳算過了，這就是妳的報應！」

晉宸更忙了，她再一次仔細端詳他，是在談判桌上。他攬著一個叫鏡兒的女人來的，那女人懷著他的孩子，已經三個月了。他無意與嫣如離婚，只想三個人一起過日子，因為嫣如和鏡兒都是好性情的女人。

嫣如看著鏡兒，看著鏡兒映照出的自己和自己的婚姻，覺得很荒謬。她搬出李家，重返娘家。母親聽聞消息趕了回來，教她一定要談好條件才離婚，不能兩手空空什麼都沒有。

「他們家裡還有什麼是我要的呢？」

「妳可以不准那個女人進門！告他們通姦，讓他們坐牢，世上哪有那麼容易的事？」母親義憤填膺的。

嫣如發現和母親的談話沒有交集，她垂下頭看著自己的裙褶。

「妳不應該搬出來的，住在老房子裡對妳不好……」母親有些謹慎的：「想想妳爸爸，還有第二個孩子……」

「媽！」嫣如坐直了：「那只是巧合啊！」

「妳沒聽過，『前不栽桑，後不種柳』嗎？我看得把那棵桑樹砍掉才行！」

「不可以，我不相信……」

「妳看看妳的婚姻，這兩年一個孩子又一個孩子……都保不住。」

「是！我什麼都保不住！我是一個沒用的人，可是，這干桑樹什麼事呢？」

「嫣如，妳別那麼任性，不過是一棵樹罷了。」

「那是爸爸為我種的樹……那是我的樹。妳不會懂的，沒有人會懂的。」

她要離婚，但她不要失去桑樹，為此她和母親爭戰了大半天。桑樹不只是一棵樹，小時候同學們要向她討桑葉餵蠶，所以，她贏得了許多友誼；長大以後她用桑椹釀酒送給朋友，獲得許多驚歎與讚美；避暑的夏天她撫著腹中小生命，站在樹下唱歌；颱風那一夜她找不到人幫忙，桑樹在窗外焦急的徘徊陪伴；桑樹是她的親人。

早上她打開門，看見一群孩子坐在地上，嚇了一跳。

「紀姐姐早安！」孩子整齊劃一的聲音響亮。

阿勳從地上站起來，他笑著：「我們是蠶寶寶請願團，這裡有一封請願書。」

圖畫紙上孩子們畫著事情的原委，他們的蠶寶寶一直靠學校後面山坡的野桑維生的，開發商在山上蓋房子，砍光了樹林，蠶寶寶面臨絕糧危機，請求善心人士救命。他們畫了蠶寶寶餓得很痛苦的樣子，還把嫣如畫在圖上，頭頂有一環光圈。嫣如看了忍不住微笑起來：

「好吧，我明白了。可是你們養了多少蠶寶寶啊？會不會把我的桑樹啃光了？」

阿勳解釋，他們是在自然課上一同養了三十隻蠶寶寶，要觀察蠶蛻變為飛蛾的過程。孩子們將養殖箱捧給嫣如看，每個孩子照顧一隻蠶寶寶，每隻蠶寶寶都有名字：

「這是花子！我的蠶寶寶，可愛吧？」

「我的在這裡哦，姐姐妳看，她跟我一樣叫美美。」

「嚇！這是我的威而鋼，很威武雄壯吧？」

「你的最愛吃了，跟你一樣吃得肥肥的，葉子都被牠一個人吃掉了……」

孩子們七嘴八舌圍過來說個不停。嫣如抬頭，看見阿勳雙手插腰看著他們微笑。

阿勳每隔兩天就來採一些桑葉，順便向嫣如報告桑樹開花和結果的情形。有一天嫣如睡到近午時才醒來，她出門便看見靠在牆邊的阿勳，阿勳的腳踏車上掛著一籃蔬果。

「吶！孩子們家裡採的，說要送給姐姐吃。」

她遲疑著，不知道該不該收下，心裡卻是滿滿的感動。

「收下吧，我等了好久啊。」

「你怎麼不按鈴？」

「我猜妳還在睡，我想等妳醒來。」

「你總不按鈴。」她說：「如果我不在家呢？」

阿勳笑著，伸展雙臂，沒有說話。

她將果菜籃放好，發現他還在門外等她。

「妳去哪裡？我送妳。」他拍拍腳踏車橫桿：「很快的！」

他送她去郵局寄了信，又問她：

「還要去哪裡？」

她覺得好笑：「你不用上班的嗎？」

「今天是不用上班的週末。」

原來是週末，她是一個沒有日子的人了，生命如此荒涼無聊。

「我要回家，不如，我請你吃碗麵吧？」

「好哇！我最愛吃麵了。」

嫣如將窗簾都打開，讓陽光整片打進來，她很久沒有在家裡招待朋友了。

阿勳替她和麵，使勁的，額上筋脈都脹起來，她自己做麵條吃，因為時間太

多需要打發。遞給阿勳一杯冰冬瓜茶，她說：「不必這麼費力的，和勻就行了。」

「哇，好香的冬瓜茶，我最喜歡喝了。」

阿勳喝完了最喜歡的冬瓜茶，吃光了最愛吃的麵條，還沒有離開的意思。

「我一直以為自己是很都會性格的人，沒想到會在這裡過得這麼愉快。」他說。

「你大概有一些理想性格吧？否則，大家都想往城裡跑，你卻到鄉下來。」

「其實，也不是這樣。」他搔了搔頭，說起自己的故事，從校園裡就相戀的女友，七年之愛後移了情，他不能面對，也不能接受，只好逃到這裡來。

「剛來的時候，想得厲害，恨不得馬上去找她，但是，距離遠了，不那麼容易，自然就……就放棄了。我想這個決定是對的。」

嫣如想到自己，也是因為這個原因才回到這裡的嗎？距離遠了，很多感覺就不那麼尖銳鋒利了。

「妳呢？為什麼總是一個人？」

「一個人不是很好嗎？而且，我並不覺得孤獨。」她的視線轉向窗外的桑樹，樹在風中微微彎斜，傾聽的姿態。

當桑樹上的花都結成桑椹，天氣愈來愈暖和。嫣如已經和阿勳的蠶寶寶那一班變成好朋友了，蠶寶寶班的躲避球比賽，她去為他們加油，請他們喝汽水；蠶寶寶班舉行烤肉，她替他們醃肉；參加學校園遊會，她替他們化妝打扮，獲得了「最佳團隊獎」。當蠶寶寶都結成繭的時候，她和阿勳已經很熟了。因為常和小孩子在一起，她把長髮結成辮子，穿著T恤和寬鬆的吊帶褲，行動比較方便。那天下午，等阿勳來接她去看電影，電鈴響了。她笑著想，這小子終於會按電鈴了。跑去開門，她的笑意一下子全僵在臉上，站在門外的是晉宸，他的車黑黑亮亮泊在身後。

「找個地方去坐坐吧？」晉宸客氣的。

「鄉下沒什麼地方坐，進來吧。」

她添了一碗冰糖蓮子給晉宸，晉宸吃著一邊打量她：

「妳很不一樣了。」

「是我們很久不見的緣故吧。」

「不是的，妳好像，變年輕了，比我第一次見到妳還年輕……」

「她……我是說鏡兒，預產期快到了吧？」

「下個月。」

「所以，你帶了離婚協議書來了？」

「她……我是說鏡兒，不知道是不是因為沒有安全感，脾氣古怪極了，連我媽都拿她沒辦法，我覺得她以前不是這麼難相處的，不知道為什麼……」

「和她結婚了，可能會好點。」

「我想到要結婚就快煩死了，簡直像惡夢一樣！嫣如，我想，想和妳商量，我們，我們不要離婚好不好？」

嫣如忽然發笑，笑出淚水，她讓淚水在臉頰上乾了，看著晉宸，她清清楚楚的問：「有好處的時候，你就出現了；有麻煩的時候，你就躲起來了，你真的以為，這一個世界一切都是為你安排的嗎？其他的人怎麼辦呢？」

她請晉宸把離婚協議書寄來，她不想再拖下去了。晉宸穿過庭院的時候，對嫣如說：「把桑樹砍掉吧，妳不要不信邪。」

送走晉宸，她的心慌慌的，看見臉色很差的阿勳。

「我女朋友要結婚了。」
她帶阿勳進屋裡，開了一瓶自己釀的桑椹酒，兩人對飲，各說各的心事。
「其實我已經不愛她了，可是感覺還是很糟，真是沒有用……」
「他不跟我離婚了，我應該覺得高興才對，可是，我一點也沒有勝利的感覺。」
「我應不應該去吃喜酒呢？如果我不覺得開心，怎麼祝福她？」
「人一定要經過比較才會明白嗎？我們要不停的比較和被比較嗎？這一次我比贏了，下一次我比輸了，有什麼意義呢？」
他們喝完一瓶酒，漸漸安靜下來，阿勳看著嫣如，他說：
「聽說妳要離婚了，我其實很高興耶。我是不是壞人？」
「你大概是唯一替我高興的人了。」
「我不是替妳高興，我是替自己高興。」
嫣如一直都知道的，她只是不想破壞現在這樣和諧美好的關係。阿勳的言語行動都令她喜悅，她喜歡看見他，喜歡他來找她，傻傻的在門口等她出現。但，她不確定如果跨出一步，會得到什麼，失去什麼，她寧願維持現狀。

蠶寶寶化蛹為蛾了，孩子們都有一種悵然若失的情緒，他們還沒學會放手，也許放手是最難的學問。

她寄出離婚協議書那天，蠶寶寶班要來她家學釀桑椹酒，他們背了白糖包，提著大大小小的瓶子來，像一場嘉年華會。阿勳帶了兩個小個子的學生，攀到樹上去採桑椹。一籃一籃的紫紅色桑椹排列著。過去桑椹從沒這樣的豐收，沒人去收成，任它熟透了落下來，或是鳥雀啄食了。原來，一棵樹能結出這麼多果實。

「喂！」阿勳在樹上朝她喊：「有什麼感想啊？」

「我想知道在樹上是什麼感覺。」

「妳沒上過樹？」阿勳不可置信的，他幫著她爬上樹，從後面攬抱她的腰，安撫她的喘息。

「以前我希望能和爸爸一起上樹，爸爸過世了，願望達不成……」她黯然的。

「嘿！」他的鬍渣輕觸她的臉頰，輕聲說：「這是妳的桑樹啊，這棵樹上的一切都是妳的哦，只要妳願意。」

「我很怕改變，我喜歡現在的生活。」她希望他能聽得懂。

那天晚上她夢見父親和她一起站在樹下，她牽著父親的衣角說：

「爸爸！我爬到樹上去採桑椹吃囉，桑椹很甜耶。」

父親好像微笑了，父親又好像並不在她身邊。

孩子放暑假了，校長在阿勳的陪伴下來到她家，希望她可以擔任晴光國小的代課老師，教國語和勞作課。

「因為是臨時的代課老師，薪水很微薄，希望紀小姐可以幫幫忙。」校長說得很誠懇。就這樣，嫣如從紀姐姐變成了紀老師。

阿勳邀嫣如去旅行，他們騎腳踏車沿著海岸線一路走下去，曾經因為要探險迷了路，也曾共食一包餅乾，喝一瓶礦泉水，夜晚擠在一間民宿裡，像一對難兄難弟。

嫣如的情緒一直都很興高采烈，直到他們投宿在一座山城，吃晚餐時，阿勳拿了一大把百合給她。嫣如的臉色黯下去，沒有伸手去接。

「這不是偷的，是我跟花農買的，真的。妳，妳不喜歡百合啊？」

是的，她不喜歡百合。父親最後的那段日子，院裡的百合開得癲狂，濃郁的香味蒸騰著，預兆死亡。後來，一聞到百合香味她就覺得憂傷。

「已經二十年了，我一直不能原諒自己，因為我的任性，因為我要把桑樹種進院子裡，爸爸才會……」

「噓。」阿勳把她擁進懷裡：「不哭，妳知道不是這樣的，妳的父親病了很長一段日子，他自己知道自己的狀況，只是妳不知道罷了。」

「其實啊，我很嫉妒妳哦，因為妳擁有一棵很漂亮的大樹，我從小在城市裡長大，只養過豆芽菜。」他撫著她披散下來的長髮，看著她的眼睛說。

「你說過那不是我的樹。」她說。

「對！」他促狹的笑起來：「因為我希望那是我的樹。」

「你真的是壞人！」她抓起枕頭砸他。

他將她攔腰抱住，有些慌亂的吻了她。她第一次覺得事情失控了，她管不住他，也管不住自己。他們輕柔的吻；纏綿的吻；熱烈的吻；激情的吻，怎麼也停不住的吻了又吻。

他們相偕回到鄉間，被孩子們扯去吃拜拜了。她來不及整理自己，胡亂穿了一件連身的白色棉紡洋裝，配著她曬紅了的肌膚很出色，胸前掛了一串阿勳送的貝殼項鍊。靠著阿勳坐下的時候，學生家長笑著說：「你們看，阿勳老師和紀老師好配哦！」

阿勳趁著亂在她耳畔說：「妳像美麗的新娘。」

上一次她當新娘的時候，像一個蒼白的瓷娃娃，只覺得虛弱；此刻，她覺得內在充滿著豐沛的生命力與勇氣。

母親的信從美國寄來了，開頭便說：「這大概是我最後一次寫信給妳了……」母親的癌細胞迅速擴散，已經住進醫院了。給女兒的信中，母親懇切請求女兒砍斷桑樹，重新過生活。嫣如坐在房門口，看著桑樹發獃，直到夜晚。

「我媽媽相信『前不栽桑』這種說法，她覺得我們家的不幸都是因為這棵樹，她求我把樹砍掉。」嫣如對蹲在面前的阿勳說。

「我們可以把樹種到後院去。」

「我早問過了，朋友來看過，說它入土太深，移植了也不能活。」

「那，妳打算怎麼辦？」

「我要去美國陪我媽，我們母女相處的時間太少了，我想，想拜託你一件事……等我走了，你就，就把樹砍了……」她說著，不可遏止的劇烈顫抖起來。

阿勳環抱她，她從他的肩胛看出去，那夜月華璀璨，每片桑葉都眨呀眨的，在風中，像無數隻閃閃亮亮的眼睛，含著淚光看她。

阿勳送嫣如出門，嫣如看著陽光裡的桑樹，她對阿勳說：

「其實真的不干它的事，我問過醫生，醫生說我的第二個孩子可能是胚胎發育不全才流產，和我第一次動的手術無關，和桑樹當然也無關。」

「我明白。妳可以改變主意……」

「我決定了，一切拜託你了。」

她坐上飛機就開始造句了：「如果可以留住媽媽也留住桑樹，該有多好……」

母親的病情穩定了半個月，她甚至也開始相信是因為阿勳行動了。母親要求出院，他們在弟弟家為母親慶生，每個人都戴著甜筒帽拍照，每個人都笑得好開心。她一度以為事情將會雨過天晴。慶生會後第二天，母親忽然惡化，兩天後就過世了。

辦完喪事，她整理了母親的東西，寫信告訴阿勳美國的狀況，也說了自己返家的時間。在飛機上她的造句是：「如果能留住桑樹該有多好……」但，這是不可能的事了，她的幸福造句從來不會實現的。不會實現。

阿勳去車站接她，緊緊摟抱住她，他胸腔的擂動振盪著她。

「回來就好了，我們回家，學生們都在家裡等妳。」

他騎著摩托車，將她簡單的行李放好，風一樣的飆向前方。嫣如在後座環著他的腰，很想問問桑樹，卻又問不出口，離家愈近她的心情愈低沉。再也不是同樣的家了，再也不會一樣了，後悔無益，遺憾無益，失去了就是失去了。

車子一拐，她的家可以望見了，她竟然看見，她真的看見伸出牆外的桑枝，茂密的綠葉。她的桑樹，她的親愛的家人，好好的等在這裡，好好的。

阿勳把車停住，對著看傻了的嫣如說：

「我怕妳改變主意，不原諒我，所以，我就想了個法子……」

嫣如發現有些不對勁，這不是她家嗎？那扇紅色的大門呢？門不見了，她回不了家了，這面牆，這面牆是新砌的……到底是怎麼回事？

阿勳牽住她的手，極溫柔的，解除了她的迷惑：

「我把前門變後門了，『前不栽桑』嗎？我們把桑樹栽到後院去了。妳現在可能不習慣，慢慢就習慣了，以後，我們可以爬到樹上去唱歌，和小鳥打招呼，該有多好……」

媽如一步步走向新的門，房裡孩子們喧鬧笑嚷的聲音愈來愈清晰。只是一個旋轉，把後門變前門，就破除了不幸的惡咒，她忽然停下，抱住阿勳，在他耳邊說：

「你不是很想擁有這棵樹嗎？它現在是你的了！」

架空之城

整座博愛建築像一枚巨大的貝殼，
低低伏臥著，站在地底月臺就像潛進貝殼深處，
列車行駛進黯黑的僩道，宛如深深的泅泳於海底。

這是生平第一次，阿育感覺自己像一個了不起的人，隨時會飄飛起來。

終於，最後，他總算做了一件露臉的事了。那些所謂的哥兒們，從來沒把他當一回事的，可要對他另眼相看了。「育仔！育仔！」那一票對他呼來喊去的，從此以後看見他怕不恭恭敬敬喊一聲：「育哥！」

「呵，我還不一定應呢。」他自己想著，忍不住呵呵的笑起來。

懷裡的嬰孩掙動一下，他機警的朝四方瞄了瞄。

這是一個綜合性公共區域，包括：高樓層的住宅；連綿迤邐的購物中心；劇場電影院；五星級酒店「好萊塢」，還有鐵路與捷運的轉運站，當然，最著名的是博愛醫院，連總統也來這裡做健康檢查。自從這號稱二十一世紀功能性最強，造型最前衛的廣場在西元二〇一〇年落成後，便吸引了成千上萬的人進出。人們食衣住行育樂所有的需求，都可在其中獲得滿足，來到這裡消費，絕不只是消費而已，代表的是一種時尚，一種品味。莎莎曾經慎重其事的對阿育說過：

「等我二十五歲的時候，我要到『好萊塢』頂樓的星際餐廳開Party！」

「妳有合適的衣服穿嗎？」阿育覺得自己的考慮很實際。

不料，換來莎莎大白眼：

「你以為我和你一樣，一輩子沒出息嗎？我會很有錢的，等著看吧！」她的嘴唇翹得高高的，因為齙牙的緣故，使她翹起的嘴型效果更好。

莎莎真的不算是一個美麗的女孩子，也不算聰明，這使得阿育更疼惜她，因為他猜想，不會有別的男人像他這樣愛莎莎了。

那一天，莎莎在他面前流眼淚，說母親簽六合彩欠了幾百萬，她得去酒廊陪酒還債，他的心被野火燎燒，慌痛得像要發狂。錢！錢！錢！莎莎需要錢。他焦慮得不知如何是好，莎莎那夜特別溫柔，說豪哥替她想了辦法。

「什麼辦法？什麼辦法？」

莎莎聽豪哥說證券業鉅子陸笑海老年得子，那嬰孩正因為疝氣在醫院裡治療，豪哥想去偷嬰孩，再通知富豪付錢。

「不但可以還債，我們還可以大賺一筆。」莎莎說得興高采烈。

阿育好容易明白過來：

「妳是說綁票啊？」

他對綁架勒贖這一類的事，一向沒有好觀感。大約十歲那年，臺北發生一件轟動國際的綁票案，歹徒兇殘亡命，一時間整座城市風聲鶴唳，人人自危。

他還記得老師在課堂上講到受害夭折的少女，忍不住哭了起來，好多同學都掉眼淚了，他也覺得鼻子酸酸的。

沒想到二十五歲的他，竟然做了這件事。

他終究做了，是因為他想向莎莎證明，他愛她，比她想像得更深，他可以為她做任何事。再加上豪哥保證只要嬰孩到手了，他有辦法馬上把事情擺平，一手交錢一手交人，絕對乾淨俐落，然後，他們三個人就風流快活了。

「我不要風流，我只要娶莎莎就很快活了。」阿育很誠懇的：「我把我的錢都交給妳，而且，我們去『好萊塢』舉行婚禮，好不好？」

「三八！講那麼多幹嘛啦。」莎莎扭動著渾圓的身軀：「我會幫你照顧baby，你一到手就可以交給我了。」

「是啊。先練習練習，很快就會派上用場了。」豪哥在一旁湊趣。

就是這樣，他潛去醫院，順利偷得嬰孩。懷抱一個有點重量又不會太重的小baby，是很特殊的經驗，他緊緊護在胸前的不是一個小生命，而是他的未來，他的財富，他的新生活。

他的腳步輕快的穿越層層人潮，乘坐手扶梯直落入地底，來到捷運博愛站，排列在等候入閘的隊伍中。阿育與所有的人一樣，有一張身分證兼通行卡，看病或者搭乘所有的公共運輸工具，都可以刷卡計點，每年生日更新結算一次。他還記得十三年前的市長選舉，候選人曾為了公車是否可以一票到底；是否應該免費搭乘，爭得面紅耳赤。如今，搭乘公車，捷運，火車，甚至飛機，費用都極低廉，只要將磁卡在感應器上經過，就可以入閘，無限次轉乘，免去買票的時間與資源浪費。

阿育最喜歡在博愛站乘車，因為，整座博愛建築像一枚巨大的貝殼，低低伏臥著，站在地底月臺就像潛進貝殼深處，列車行駛進黝黑的隧道，宛如深深的泅泳於海底。阿育不會游泳，他只好寄託於幻想，獲得簡單的快樂。

「嘿！我們要游泳囉。」他對安靜伏在胸前熟睡的嬰孩說，一面進了車廂。

一個穿制服的女學生看見他，立即起身讓坐。阿育很受到一些驚嚇，從來沒人讓過座位給他，他身強力壯，又是個年輕男人。女孩指指他懷中的嬰孩，他才恍然明白，彆扭的坐下。女孩的臉頰和頸項很細緻潔白，她興味盎然的盯著嬰孩看：

「好可愛的baby喲，是男生還是女生啊？」

「男生。」阿育盡量像個父親的沉穩回答。

「像女生一樣……」女學生吃吃的笑起來：「他有多大啦？」

「一歲吧，呃，我是說一歲了。」

到底多大呢？說一歲是最保險的吧，他反正對嬰孩沒有什麼概念。

「他叫什麼名字呢？」

「我，我叫他喜兒。」那是阿育小時候養的土狗的名字。

陸笑海的兒子應該叫什麼名字呢？他無法想像，他們家從來沒富過，他甚至不認識什麼富人，現在在他胸前的就是他此生認識的最有錢的人了，這嬰孩以後可能繼承億萬家產，而此刻，他為他取了小狗的名字。

「喜兒啊？他好乖喲，怎麼一直在睡覺呀？」

是啊，他為什麼一直睡覺呢？阿育忽然緊張起來，聽說嬰孩會莫名其妙的猝死，該不會……他手忙腳亂探了探喜兒的鼻息，還好，呼吸很均勻平穩。

女學生又笑起來：「你好緊張哦，一定是第一次做爸爸哦。」

阿育僵僵的笑，女學生都這樣喋喋不休嗎？

所幸車速很快，二十分鐘就到了淡水車站，下車時，喜兒蠕動身子醒了過來，嗯嗯哼著，很可愛的鼻音，他沒哭，也不打算哭的樣子，睜開骨碌碌的黑眼珠四面張望，並且打了一個噴嚏。

「嘿！喜兒。」他向小東西打招呼：「我很快就送你回家囉。」

他慶幸嬰孩很乖，不吵不鬧，要不然實在招架不住。他到了舊渡船口，從背包裡掏出無線電話。這電話自從進了醫院就關了機，因為在醫院和大眾運輸系統中都禁止使用，他檢查電力，相當飽滿，一切都很順利。接下來就和豪哥與莎莎聯絡，豪哥會把贖金講定，莎莎會立刻前來照顧喜兒，並且稱讚他的勇氣與智慧。

他啟開電源說一聲「莎莎」，電話自動撥接。

「喂。」莎莎的聲音有些沙啞。

「莎莎，我啦！」阿育的聲音飄揚著，充滿喜悅。

「你死到哪裡去啦！」

這和阿育的預想完全不同，難道她太擔心他？又怪他太遲打電話？

「我已經辦好了。」

「辦好什麼啦？人家在醫院開慶功宴啦，感謝醫生護士的照顧，你還給我睜眼說瞎話？」

「妳說什麼慶功宴？」

「人家小baby剛動完手術，電視都有播那個記者會，他爸爸還捐了五千萬給什麼基金會，那五千萬本來應該是我們的！」莎莎悲痛的嘶喊。

阿育的手不由自主的顫抖起來，這是怎麼回事？他明明在豪哥的帶引下去看過，那個富豪獨子的病床，他明明在那張床上抱走了嬰孩，到底是怎麼回事？難不成，抱錯了？他抱錯小孩了？

這不是富豪陸笑海的兒子？

他忽然想起女學生說的：「像女生一樣。」

他將嬰孩平放在大腿上，笨拙的解開尿褲，啊──他乾嚎一聲。少了一些什麼，果然，果然少了一點點。喜兒不但不是富豪的孩子，還是個女孩子。

完全搞錯了。怎麼會這樣呢？現在怎麼辦呢？

阿育再次對著電話呼喚莎莎，除了莎莎，他不知道還能找誰。不管怎樣，莎莎明白他一切都為了她，絕不會扔下他不管的。

「莎莎，我跟妳說，我抱錯一個小孩，我現在這邊有一個小孩，妳可不可以……」

「抱錯小孩？你白癡啊？我還不夠倒楣嗎？」

「不是啦，我跟妳說，是一個小女生啦，我不知道要怎麼辦……」

「我真的受不了你，你把小孩抱回去啊！怎麼抱來的就怎麼抱走啊，我不要跟你說話了……喂！喂！等一下，你等一下——」

在不知為什麼而等待的寂靜中，阿育彷彿聽見電視裡吵嘈的音訊，因為太飄忽，無法捉摸，就愈覺焦躁，他覺得整顆心，整個身體都膨脹起來，他很想尿尿。

片刻之後，莎莎的聲音回來了：

「我的天啊！你闖大禍了！你真是豬啊！什麼小孩不好綁架，偏偏綁架這一個。」

「這一個怎麼了？」

「這個就是要動心臟手術的那個棄嬰，本來在等社會捐款要開刀的，現在被你綁走了。事情大條了啦！」

「莎莎！莎莎！妳要幫我！」阿育快哭了。

「我怎麼幫你啊？警察都在找綁匪，大家都很關心，這件事，電視臺一直在播baby的照片，要民眾提供線索。」

「莎莎，我現在沒有地方去，我不知道怎麼帶小孩，我去妳家好不好？」

「不要！」莎莎像被蛇咬到一樣：「你不要陷害我！我現在就出門，如果你來，被警察抓到，不要怪我！」

「莎莎！」他大叫。

電話被掛斷了。阿育愣愣的看著喜兒，有一會兒不能思想。莎莎說了什麼？這是一個棄嬰？這棄嬰準備動手術？莎莎叫他不要陷害她？這不干莎莎的事，當然也不干豪哥的事，他變成綁匪，他綁錯小孩，所有人都在尋找他，這現在是他一個人的事了。

他來不及憤怒或者悲傷，按照原定計畫，替喜兒換上莎莎在背包中準備好的衣裳，小女孩穿上男孩的衣服，竟變成一種很好的掩飾。他抱著不哭不鬧的喜兒，去淡水站的百貨店買一包紙尿褲，展開逃亡之旅。

不能留在臺北，他重回博愛站，這一次心情完全不同，惶惶如喪家之犬。

他隨人群走進高鐵月臺，月臺上的巨幅彩繪，畫的是臺北街景，布滿高架橋，像微細血管密布全身。自從高架工程漸次完成，交通狀況確實獲得疏解，車輛全爬上了沒有紅綠燈的橋面，行人走在平面道路上，特別規劃出來的自行車專用道，常常可以見到市民悠閒的踩著自行車。他喜歡仰頭看著那些巨大的圓柱支撐著高架橋，很雄偉壯麗，他曾叫莎莎看：

「妳看妳看，有沒有很特別？」

「這有什麼特別？到處都是啊。」

想到莎莎，他的心裡一陣刺痛，甩甩頭，他不願去仔細釐清到底是怎麼了？他和莎莎之間，還有小喜兒……他不想傷這個腦筋，專心的看著壁畫，記得好像曾有一個外國人稱臺北是一個「架空的城市」，是啊，這麼多的高架橋。

他搭上了十五分鐘一班的高速鐵路火車，火車的班次多，以往那種擁擠狼狽的情況不復可見，搭火車既安全又舒適，去出差的、參加宴會的，都打扮得漂漂亮亮坐火車。坐在阿育對面，髮絲銀白的這位老太太，就穿著很正式的洋裝。

「啊，好可愛的小朋友。」老太太讚歎。

喜兒像聽懂了讚美似的，揮舞手腳，對老太太笑起來。

「啊哈，笑了耶，笑了，還有酒窩……」

老太太逗弄著喜兒，喜兒益發笑不可止，咯咯的清甜笑聲，非常動聽，阿育也忍不住笑起來。

「小女生吧？這麼秀氣。多大啦？」

「您看呢？」阿育覺得自己變聰明了。

「我看啊，大約七八個月吧，是不是？」

「沒錯。」他又露出那種父親的神情，撫著喜兒的腳。

「真好，這孩子一點也不認生。」老太太牽了牽孩子的手。

是啊，她一點也不認生，因為她是一個棄嬰，她反正沒有親人，也就沒有生人了。

阿育第一次發現自己對喜兒竟有一種疼惜親近的感覺，她也是沒人疼，沒人要的。

服務員在他們面前送上便當，阿育聽說過在乘客比較少的用餐時段，高鐵準備免費的簡單便當給乘客，然而，便當真的送到面前的時候，他還是非常感動，一個勁兒的說「謝謝，謝謝」。這便當其實不算太簡單，有些像古早火車上的排骨便當，大約是對上一個世紀的懷舊吧。他挾住喜兒吃便當，聽見饑腸轆轆的聲音，他是真的餓了。

昨天和豪哥、莎莎去夜市吃了一攤，多喝了點酒，迷濛中見到莎莎與豪哥親熱的頭靠著頭，他恍惚的看著，這是怎麼一回事呢？半夜酒醒，莎莎睡在他身邊，可是，他真的記得看見兩個人影激情的交疊，也許是夢吧。他不敢再睡，怕再作這樣的夢，睜著眼到天亮，又沒吃早餐，就往醫院去了，直到現在。

老太太好心的要幫他抱孩子，她說自己不吃便當，因為待會兒女兒、女婿和外孫要帶她去吃大餐。

「今天是我生日啦，我們下午要去墾丁度假。」

「啊。」阿育嘴裡塞滿肉和白飯，他說：「那真好。」

「老伴去世了，孩子又不在臺北，還好現在鐵路這麼快，有一次我女兒說他們高雄的唐神百貨公司大打折，我就坐火車去給它『血拼』了一場，真的好划得來喲。」

「坐火車去『血拼』哦？呵呵呵。」

哇——喜兒忽然掙動身子哭起來，臉也憋得通紅。

「咦，怎麼啦？」老太太處變不驚的探查了一下，笑起來：「妹妹大便囉。」

「大便！大便了？」阿育驚惶失措：「怎麼辦？那怎麼辦？」

「換尿布啊。」老太太有著恍然大悟的神氣：「沒經驗哦？」

她手腳俐落的去廁所替喜兒換洗，接過尿褲時，搖了搖頭：

「這是小男生的尿褲，跟小女生的不一樣啦。」

「那那，那怎麼辦？」

「一樣用囉，沒關係，你們為什麼給妹妹穿男生的衣服？什麼時代了，還重男輕女哦？」

「也不是啦，剛好有，就穿了。」

回到座位，喜兒並沒有安靜下來，她整個拳頭塞進嘴裡，很傷心的哭，口水黏黏的淌流著。

「她為什麼一直哭？」阿育想到喜兒是要動手術的，會不會是不舒服？他感到一種結實的恐懼。

「妹妹什麼時候吃奶的？」

好問題，他沒想過這小東西是會拉的，也是要吃的。

「出門以前。」他很籠統的回答：「應該吃奶了。」

阿育翻扒背包，找到一只奶瓶，也是莎莎準備的。老太太向服務員買了一盒鮮奶，喜兒捧著奶瓶，使勁吮吸起來，她的確是餓壞了。

「妹妹的媽媽呢？」

阿育聳聳肩，他真的不知道喜兒的媽媽在哪裡。

「吵架了哦？」

阿育苦笑，沒有回答。

「都是這樣的啦。我年輕的時候，和先生吵架就跑回娘家，娘家在左營，那時候，三十幾年前，坐火車要七、八個小時耶。我看見先生拖著三個小孩，坐一夜的火車來找我，心就軟了。不跟他回去，難道要他一個男人再拖三個小孩坐火車回去？」老太太的眼裡有溫柔的光采，被回憶浸潤。

他覺得老太太是一個好幸福的人，他真希望自己以後在提起往事的時候，也能有這樣的幸福。

「現在啊，什麼都變快啦，都不稀罕啦，也都不懂得珍惜了。」

「是啊。」他同意。

「你呢？為什麼事情跟老婆吵架？」

「為了……為了她要去『好萊塢』頂樓的什麼星星的餐廳，辦生日Party，我們又沒有很多錢，所以就吵起來了。」

阿育愈發覺得當初就該跟莎莎吵一架——妳以為妳是什麼人？去那裡辦Party？這一輩子妳想都不要想——他當時沒忍心刺激她，但，他現在後悔了。

電話鈴忽然響起來，他嚇了一跳，老太太蹙起眉頭，周圍的乘客也投來譴責的眼光。他上車前忘了關掉電源。

「喂。」他匆匆接起。

「阿育，你在哪裡？」是莎莎。

「我老婆。」他對老太太說。

老太太的臉色舒散下來，有一種諒解的寬容，他將喜兒托給老太太，跑進廁所。

「阿育哦。」這會兒換成了豪哥。

「豪哥。」阿育先怯了：「對不起啊，我抱錯小孩，把事情搞砸了。」

「這又不是你的錯，是那個烏龍護士把棄嬰放在陸笑海小孩的床上，才會抱錯的。你不要擔心，我來處理，你把小孩交給我就行了，保證你沒事！」

「那我，那我……」

「那你趕快回臺北啊，不要讓人家擔心啦。」莎莎的聲音在撒嬌，與不久之前判若兩人。

阿育很感安慰，算她會想，知道他一切都是為了她，她現在總算明白了。

「那，我馬上回來。」

他和豪哥約好，他們在博愛站上的麥當勞裡碰面，那裡人多，特別是孩子多，比較不引人注意。他就知道他們不會撇下他不管的，他沒出錯，只是命運的錯手安排，怪不得他。他們沒真的綁票勒贖，他就仍算是一個乾淨的人。母親在世時，常常對他們說，日子過得再苦也不要緊，要緊的是做個乾淨的人。他仍是個乾淨的人。他相信一定會有辦法解決莎莎的問題的。

「我老婆在臺北等我回去。」阿育步履輕盈的對老太太說。

他們在高雄車站揮別，阿育連車站也沒出，直接搭上往臺北的高鐵。

喜兒伏在他胸前，穩妥的睡著，他第一次感覺和另一個生命如此貼近，呼吸與心跳重疊，他想，自己真的已經有點喜歡這個小東西了。他對她很抱歉，原來她是個準備動手術的棄嬰，她是因為有病才被拋棄的嗎？他伸手輕輕撫著喜兒柔細的絨毛一樣的頭髮，看著自己的手和她的手的比例，真的好小好小啊。他將食指伸進喜兒拳握的掌中，喜兒緊緊握著他手指，牢牢的握住他。他笑了，在幸福驀然來臨的時刻。

一覺醒來，火車已經進站了，他依然笨拙的替喜兒換好尿布，背好背包下得車來。再過五分鐘，事情就過去了，豪哥會想辦法把喜兒還給醫院，一切都像沒發生過一樣。

阿育從大廳巨型電視牆前走過，正在插播新聞，他忽然停下腳步。

他停下腳步，因為，他看見喜兒的相片，好大好大的相片，接著是看顧喜兒的護士，哭哭啼啼的：

「你弄錯了，你綁錯小孩了啦，這個小孩是沒有人要的棄嬰，她已經很可憐了，請把她還給我們啦。拜託拜託你……」

接著是陸笑海出現在鏡頭前，他的臉色很沉重：

「我要向綁匪呼籲，你打電話來勒索三千萬，我已經答應你了，雖然這個小孩不是我的小孩，可是，我不忍心，請你把她送還醫院，我慎重告訴你，這小孩不是棄嬰，我決定收養她，她是我的女兒了。」

接著，美麗的女主播眨動著戴假睫毛的大眼睛，淚光盈盈的：

「請你，或是你們趕快和博愛醫院聯絡，或者，也可以與我本人聯絡，千萬，千萬不要傷害小生命。」

阿育的血液忽然凝住，他的腦袋霎時空了。

綁匪打電話去勒贖三千萬？

有人冒充他打電話去勒贖三千萬？

有人要用小喜兒去換三千萬？

他踉蹌的避開人群，到了一處清靜的角落，掏出電話，顫抖的幾近口齒不清的：

「豪哥。」

屏幕上出現「訊號不清，無法辨識」的字樣。他撥了號碼，豪哥很快接起來：「你在哪裡？」

「我要找莎莎。」

「什麼事？你跟我說也一樣，又遇到什麼狀況了？」

「我要和莎莎講話。」

「喂！阿育，你在哪裡啦？」是莎莎，果然，與他猜想的一樣。

「妳媽根本沒欠人家錢，對不對？」

「你發什麼神經啦？你到底在哪裡？」

「妳為什麼要騙我啊？我，我對妳那麼好，妳為什麼要騙我啊？」

「你在說什麼？趕快把小孩給我抱過來，聽見沒有？」

「你們打電話去勒索？三千萬？」

「我們會分你的，你幹嘛呀？先把小孩抱過來再說啦！」

「小孩有病耶，要開刀呀，這種錢你們也要？」

「阿育！阿育！我跟你說……」豪哥接過來。

「你跟她串通好的，你們全部串通好，當我是豬啊？我是豬啊？」

「阿育——阿育——」莎莎的吶喊與豪哥的吶喊混在一起。

阿育關掉電源，也包好喜兒竄進地底車站，不能讓他們找到，他們沒有良心，什麼樣的錢都想要，一旦喜兒落進手中，就不只是要三千萬了。

他胡亂跳進一截準備啟動的車廂，坐下來，喜兒嗯嗯的哭泣，他哄拍著她小小的脊背，感覺非常孤獨，現在，他只剩下喜兒了。

他忽然發現，長久以來自己一直非常孤獨，兄弟姐妹不相往來，父親也不知道到哪裡去了。遇見莎莎的時候，他以為他們可以相互作伴，莎莎不愛工作，只愛逛街泡Pub，他白天在印刷廠工作，晚上超商打工，仍不夠供養莎莎的花費。現在才知道，全都白費了，她把他的真心踩在腳下，踏成粉碎了。

「這是通往內湖的路線，我們將經過極具紀念價值的汐止湖。」列車裡的電腦語音播放著。

阿育渾身緊繃，從車窗看出去，被淹沒的汐止湖水就在眼前。

「喜兒，喜兒，妳看，我以前就住在這裡，在水底下，我的家，以前就在這裡……」

這裡因為山坡地的過度開發，在十三年前的一個月裡，竟被淹沒三次，創下歷史紀錄。這些洪水像認識路一般，自此以後，只要一下雨便淹水，動不動就淹掉一層樓，山坡一次次崩塌，人命一條條損毀，最後，國內外專家一致判決，將汐止淹沒為人工湖，是不得不的選擇。在大約兩三年的大規模搬遷行動中，母親去世了，父親選擇領政府發放的賠償金，不願配給房屋，於是，整個家就分崩離析了。

在電視裡看見汐止被淹沒的那天，阿育哭了一整夜，眼睛都腫了。他夢見自己泅泳回到水底城，像鳥兒一樣翩翩飛過許多高樓，尋到母親替人踩縫紉機的那個窗口，看見母親快活的踩踏板，隨意哼著一首歌。他還看見牆壁上一張畫圖比賽的獎狀，那是他唯一的一張獎狀，後來被酒醉的父親撕碎了，可是，卻又完好的出現在牆上。

醒來以後很悲傷，因為他不會游泳，否則，他可能真的會潛水去找自己的家。沒有家了，沒有故鄉了，他的命運和喜兒一樣，他們都是棄嬰，沒人疼的，也沒有人要。

汐止湖上的水鳥展翅飛過，湖水漣漣，波光漾漾，他的頭抵著窗，沉鬱的，痛哭起來。

阿育穿越層層攝影機和記者，直接把小喜兒抱到醫院櫃臺，當時，正是黃昏時分，群眾譁然，將他緊緊包圍。他早把背包丟進汐止湖裡去了，連同那一支無線電，現在，他一切都準備好了。

「我在捷運站看見這個小孩，又看見電視新聞，就直接抱來醫院了。」

「我什麼都不要。這個小孩很可憐，現在有人要收養她，她就可以有一個家了。」

最後，他微笑的對著鏡頭說：

「可能有人覺得我很笨，我自己是覺得還好啦，那些很聰明的人也沒得到什麼。」

沒有人會知道，連小喜兒也不會記得，他曾與她跑遍大半個臺北，還穿越臺灣西部走廊，在快速的，飛翔一般的車廂裡，有過幸福的感動。

麵包店失竊事件簿

她總是笑咪咪的唸著：

「葡萄奶酥，奶油菠蘿肉鬆起士，半條吐司。謝謝您。」

好像一個老師，在校門口點名，

看著學生乖乖的排著路隊回家。

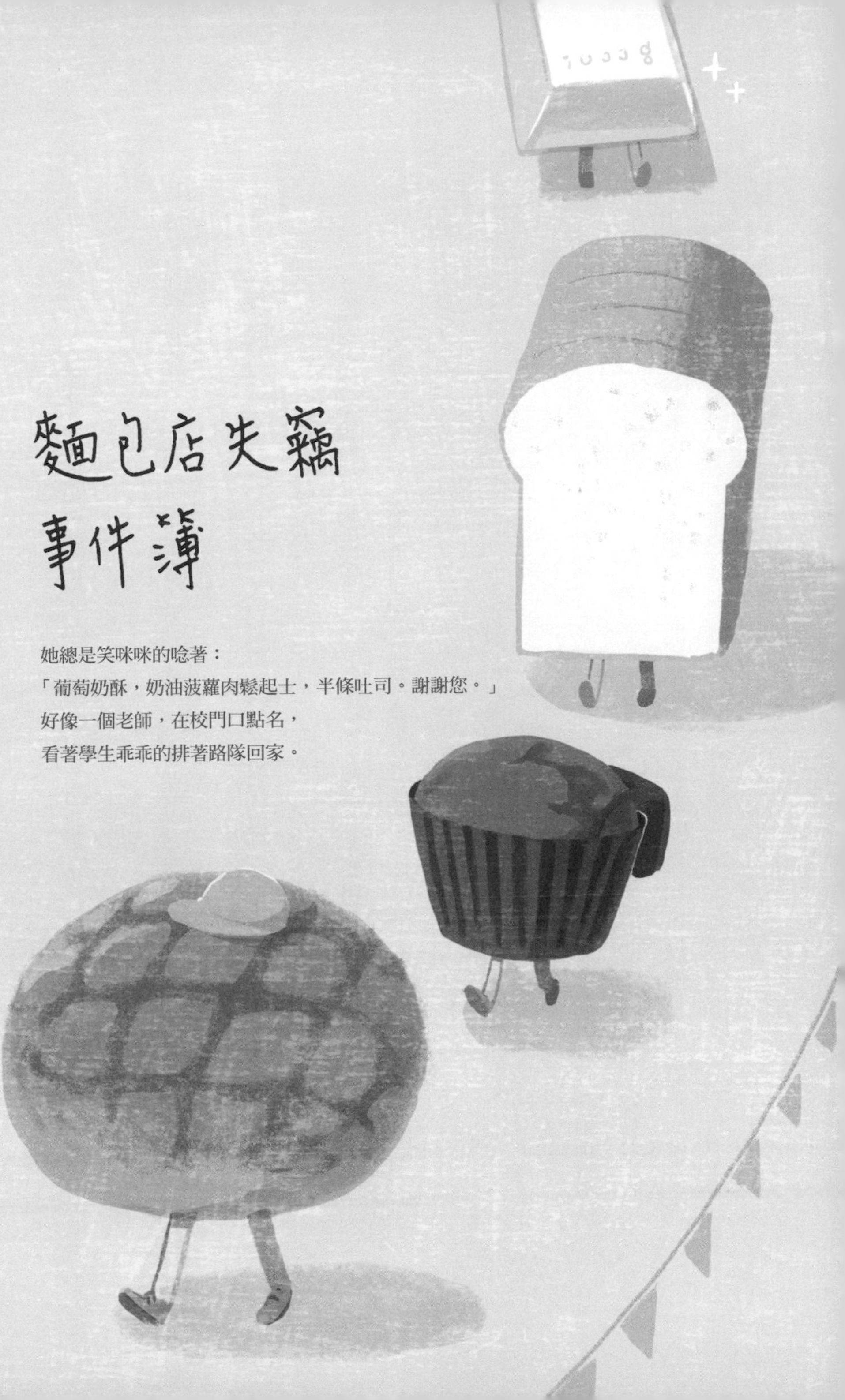

「妳的牙齒痛得這麼厲害，為什麼不來看醫生呢？」

「我夢見自己的牙齒都掉光了，全部掉下來耶。我想到人家說掉牙齒就是有親人要死掉了，所以就很傷心的哭起來。我要這樣想，不是親人都不要我。是因為掉牙齒所以才失去親人的……」

Puffy閃動著洋娃娃一般的大眼睛，這樣對我說。

「除了牙齒痛，有沒有別的地方不舒服？」

「咦？我以為你是牙科醫生，原來你什麼都會治嗎？」

是的，我是牙科醫生，可是，遇見Puffy以後，我什麼都想幫她治，治她的牙痛，治她的孤單，治她的不快樂。

我想，最需要醫治的其實是我自己。是我那顆時時顫抖的，渴愛的心。

我一直不知道Puffy叫什麼名字，診所的護士都這樣叫她，麵包店同事也這樣叫她，Puffy，原本是兩個日本青春少女偶像，磁白瑩潤的鵝蛋臉，圓亮慧黠的大眼睛，兩條長長的辮子。麵包店的Puffy也有類似的長相，長辮子，不同的是，她把長辮子盤在頭上，工作的時候可以更俐落一些。

Puffy的麵包店是全城最大的連鎖店，他們的經營法則是，當日麵包當日售完，絕不留待明日。

我記得麵包店剛開張時，渾身名牌，戴著鑽石項鍊與耳環的女老闆，接受媒體訪問，昂揚著下巴，臉上有一種挑剔的神情：

「現在是什麼時代了？誰還要吃隔夜麵包？我們既然能開最大的連鎖麵包店，就能處理這些麵包！」

他們的處理方式是銷毀，一個都不留下。有一個女記者問道：

「為什麼不把麵包送進孤兒院或是老人救濟院呢？可以做善事。」

「什麼？」女老闆挑起眉，聲音尖澀的：「我們把不新鮮的麵包送給人吃，還叫做善事？這根本就是偽善！」

不知道為什麼，這場面在我腦中留下極鮮明的印象。

我走進麵包店，雖然才剛剛開門，已經湧進了許多家庭主婦，上班族和學生。才出爐的各種麵包的香氣混在一起，奶油的、起士的、葡萄的、培根的……有一種走進童話的感覺，令我有一些微微的暈眩。

這暈眩當然也有可能是因為看見Puffy的緣故。

Puffy像往常一樣，站在櫃臺後面，她負責把顧客挑選好的麵包，一個個的裝進袋子裡，一邊裝，一邊唸出麵包的名字，身邊的同事就把價錢算出來。

她微微垂著頭，輕輕挾起麵包，小心置放在紙袋裡。如此專注而愉悅，對每一個麵包都有溫切的情感。

她總是笑咪咪的唸著：「葡萄奶酥，奶油菠蘿，肉鬆起士，半條吐司。謝謝您。」好像一個老師，在校門口點名，看著學生乖乖的排著路隊回家。

在她面前，排著一列捧著麵包等候的人們，他們等著她朗誦出麵包的名字，點完名就可以帶麵包回家了。我看著這個奇妙的儀式進行，看著自己一步步向Puffy靠近，心跳劇烈到難以負荷的程度了。

「牙齒還痛不痛？」我問她。

她搖搖頭，一邊點名：

「波士頓奶油，奶油泡芙，草莓鮮奶油。謝謝您。」

說謝謝的時候，她的眼睛看住我的眼睛，我想，這是一個別具深意的注視吧。於是，便快樂的帶領著我的奶油路隊回家了。

麵包店開張三個月了，我也整整吃了三個月的麵包，整個人已經發胖不少，渾身都是奶油味。而這三個月中，最大的成就感就是逮住Puffy，讓她到診所來看牙這件事。

開始的時候，我注意到Puffy臉上的微笑失去了，她的眉心微蹙，像在隱忍著某種痛苦。過兩天，我就看見她紅腫的臉頰，像抹上了胭脂。憑著我的直覺加上專業，我知道她的牙齒必須要治療了。

「妳的牙齒很疼，是不是？」

那天，麵包店的顧客很少，我在她點完名以後問她。

「哇！好厲害呀！你怎麼知道？」她身旁的同事嚷起來。

「我是牙醫。」我說：「妳的牙疼了好久了，是不是？」

Puffy點點頭，沒有說話。

「到診所來，我幫妳看看，就在附近。」

Puffy說她要上班，不能來。我叫她下班以後來，她說她下班都晚上十點以後了，還要清掃，沒時間看牙。她的同事很熱心，叫她現在就溜去看看，反正客人不多，她們會罩著她，沒有問題的。

我想，她是真的受不了了，才同我回到診所。

診所的護士看到她，很開心的叫「Puffy」、「Puffy」，她好像很受歡迎的樣子，當她張開嘴，我才知道，原來是一顆倒生的智齒，埋在牙床裡生不出來，腫得很厲害，已經化膿了，泛著膿血的惡臭。我著實用了不少功夫，將包裹著智齒的牙床割開，小心的拔掉了她那顆作怪的牙。當我動手術的時候，一直不斷的對她說話，把每一個步驟都講給她聽，安撫她眼裡的驚恐。

最後，我把一枚止血的藥棉壓住傷口，讓她咬住。

「好啦！」我說：「可是，妳今天不能點名了。」

她看著我，很疑惑的。

「我是說，妳不能叫麵包的名字了。」

她微微垂下頸子，好像笑了。

就這樣，我和Puffy相識了。

每天到麵包店看Puffy點名，漸漸不能滿足我了。我想要約她看電影、郊遊烤肉、兜風、聽音樂會，什麼都行。但，她總是說沒時間，而且她看起來真的很忙的樣子。早上六點上班，中間休息四小時，接著要忙到晚上十點，所有人走了以後，她還忙著清掃和銷毀麵包的工作。

「因為我需要多賺一點錢，所以要努力一點。」她說。

我卻覺得她太努力了。我想，或許因為她是個孤兒，那種孤零零的生活讓她害怕，她需要更多的保障。當她跟我說夢見掉牙齒覺得很幸福的時候，我的心像被剜了一塊，酸楚欲淚。

「妳想不想知道，妳的父母親人在哪裡？」

「現在不想了。我的牙齒在夢裡都掉光了，他們大概都不在了吧。」

她自顧的笑起來：

「其實，有時候我會想，這些走在路上的，來買麵包的，都有可能是我的父母親和兄弟姐妹耶。想著想著，就覺得好愛這個世界喲。是不是好傻？」

「不是的。很可愛的想法。」

「說不定，你就是我的哥哥呢。」

不是的。很可怕的想法。

有一天，下班以後，我在診所裡睡著了，醒來已經十一點多。我騎著機車經過空無一人的街道，感受著晚風吹襲，柏油馬路在街燈照射下，墨黑晶亮，櫥窗都亮著，像在守夜。我的眼梢瞄見一個熟悉的人影，背著包袱，沿著街邊行走。

我減緩速度，轉個彎停在那人面前。

「啊！」Puffy驚叫。

我連忙取下安全帽：「是我，是我，對不起，嚇著妳了。」

「你在這裡做什麼？」她仍是驚恐的表情。

「我要回家了。妳背那麼大包做什麼？做賊呀？」我跟她開玩笑，她一點也不笑。

「你不要亂說，會害死我的。」

「好啦！對不起。妳是不是要回家？我送妳吧！」

「啊！」Puffy又慘叫一聲。

「什麼事？」

一輛公車飛快從我們身邊掠過。

「我的車子，最後一班車了，完蛋了啦。」

「不完蛋，我有車，我送妳。好不好？」

「可是，我不回家，我要去辦事。」

這麼晚了還有事辦？我又瞄了她背在身後的大布袋，同時注意到，她因為趕時間，總是紮得整整齊齊的兩根辮子，已經掉落一根在肩上。

「隨便妳要去哪裡，我都送妳去，是我耽誤了妳的，我應該負責任的。」

「可是，我有條件。」

「妳說。」

「你不可以告訴別人你見過我，還有，不可以告訴別人你送過我，還有……」

「還有？」

「一時想不起來了，以後想到了再說。」

上車以前，她忽然問：

「你不問我的布袋裡是什麼嗎？」

「是黑槍？」

她搖頭。

「是毒品？」

她搖頭。

「那就沒什麼特別了，上車吧。」

「是麵包。」

我詫異的看著她，她偷了店裡的麵包？那些麵包本來應該銷毀的。

「我把麵包送到孤兒院給小朋友，他們都好喜歡，雖然是隔夜的，明天早上烤一烤，就跟新鮮的一樣好吃了。」

我們往孤兒院去的路上，Puffy告訴我她在孤兒院長大的經歷，那時候最喜歡流連在麵包店外面，看著新鮮出爐的熱麵包流口水，用力嗅聞麵包的香味，可以回味一整天。

「從小，我最大的志願就是去麵包店打工！」

「妳的願望達成啦。」

「現在，我想開一家麵包店。我已經知道兩百多種麵包的名字和做法了，將來，我的麵包店打烊以後，就把所有剩下的麵包，送去孤兒院，還有分給沒有家的流浪漢……」

我轉頭看著她專心說話的側臉，月光映照著弧度優美的面頰，柔和的發亮。

「其實，妳可以好好跟老闆講，也許她會願意把麵包送給孤兒院的……」

我想到她每夜擔驚受怕的偷竊麵包，而且，如果被發現，說不定真的會惹來官司，不免憂慮。

「不可能的。我問過老闆了，她還把我罵了一頓。」

我可以想像那個女老闆張牙舞爪的兇悍模樣。她認為把麵包送給需要的人，是一種「偽善」。

「如果不是你，明天小朋友就沒有早餐吃了。」Puffy在後座鼓勵的拍拍我的肩。

我忽然覺得精神百倍，加足馬力，在路上奔馳。載著一個女賊，一袋麵包，向嗷嗷待哺的孩子們駛去。這彷彿是我一生中最有價值的一刻，也是閃閃發光，最接近神性的一刻。

那一夜，我們到達一座小山坡，Puffy指著山頂：

「孤兒院就在上面。可是，你不能上去，我今晚會住在院裡，謝謝你了。」

「Puffy！」我出聲喚。

「什麼？」

「妳，妳的辮子……掉下來了。」

「哦。」Puffy俐落的，三下兩下就盤緊了。

「還有事嗎？」她看著我問。

是的，有事，我不想離開，不想與她告別。我知道這是我的生命裡的大事，非比尋常的大事。

「我想知道，我是想，嗯……妳，妳……」

「不如，我們坐著聊一聊吧。」

Puffy邀請我，走到一截橫倒的樹幹旁坐下。

「你有話要對我說？」

「以前，在孤兒院的日子，快樂嗎？」

也許是受到電影和小說的影響，我總覺得在孤兒院長大的小孩，心靈會有創傷，這陰影令他們一生都不快樂。

「我們有一個很棒的院長，她像我們的媽咪一樣，愛我們每一個孩子，我們也像兄弟姐妹一樣，彼此相愛。雖然，沒有錢，連夢裡也想著吃麵包……」Puffy笑起來：「可是，那真的是一段很幸福的日子。」

她從袋子裡掏出麵包給我：

「喏！這是芋泥酥，你嚐嚐，很不錯的，別老是吃奶油麵包。」

我們坐在涼涼的月光下吃麵包，不一會兒，手臂上就浮起一層薄薄的水氣。

「這裡濕氣好重呀。」我拂去臂上的水氣。

「是呀，所以沒人願意住在這裡。」

「那才好，整座山都是你們的。」

「可是，失火的時候，沒有人來救……」

「孤兒院失過火嗎？」

「十年前，有一家地產公司要買這座山坡，蓋房子，院長不肯賣，後來颱風來了，孤兒院就著火了，火好大，沒有人來救我們，好可怕，好可怕，我真的怕極了——」

Puffy在敘述中顫慄，我忍不住環抱她，抱住她的時候，才發現自己也在顫抖，我的聲音也哽咽了：

「沒事了。不怕哦，都過去了。」

Puffy說，那一夜孤兒院都燒光了，他們和院長抱在一起，等著天亮。

然後，他們協力重建了孤兒院，比以前的更大，更漂亮，像童話中的城堡。

「可是，經過火災以後，院長不喜歡陌生人靠近，所以，不能帶你去，以後，一定有機會的。」

我可以等待，等待她帶我走進美麗的城堡。

我們在深夜裡揮手道別。

她在山道上停住腳步，轉頭對我說：

「謝謝你幫我拔牙，你是一個很好的人。」

「不要，不要客氣。」我覺得有些不好意思：「明天見。」

「再見了。」她很慎重的告別。

那一夜，也是我最後一次見到Puffy。

第二天早上，我看見麵包店被封鎖起來，許多警察圍繞著店周圍，還有電視記者報導拍攝。我的心中一緊，完了，Puffy的事被發現了，可是，偷竊一些等候銷毀的麵包，不會這麼嚴重吧。

「什麼事？什麼事？」我拉住一個警察。

「失竊案，不是兇殺案。你哪個報紙的？」警察不耐煩的。

「去了一些麵包罷了，幹嘛那麼緊張？」

「誰告訴你丟了麵包？是金條！菜鳥！你剛畢業的啊？」

金條！金條？

「麵包店怎麼會有金條？」

「老闆把金條藏在麵包店的保險箱，以為萬無一失啦！誰知道……喂！你到底哪個報紙的？」

我恍恍惚惚的走出人群，走回診所。不會的，麵包和金條相差太多，不會牽扯在一起的。可是，剛才在麵包店集中的員工裡，我沒有看見Puffy，她從來不遲到的。她沒有出現。

我覺得暈眩得很厲害，無法看診。午間新聞播出麵包店失竊案，警方發現失竊現場張貼了一張十年前的舊報紙，是孤兒院火焚案。那件火焚案造成十數名兒童死亡，至今仍找不出失火原因，只是懷疑與收購土地有關。

警方更進一步調查發現，麵包店女老闆，當年似乎與那一起土地開發案有關，只是仍未獲當事人證實。

除此之外，警方在現場未尋獲任何蛛絲馬跡，只找到一些麵包屑和奶油，彷彿這個幾千萬的竊案，是麵包幹的。

當天下午，我飛車去了小山坡，順著山道登上山頂。山頂上除了雜草叢生，什麼都沒有，孤兒院，城堡一樣的孤兒院，根本不存在。

下山的時候，我遇見幾個登山的老人。

「你們常來嗎？」

「這裡曾經有一個孤兒院嗎？」

「發生過大火嗎？死了很多孩子？連院長也被燒死了？」

「孤兒院的孩子全燒死了嗎？沒有？還有活著的？」

「你確定？你確定有活著的？」

「那樣就好。那太好了。」

Puffy還活著。我替她拔過智齒的，她當然應該還活著。她是那場殘酷的謀殺中倖存下來的孩子，她變成了一個復仇者。

一個甜美如同奶油麵包的復仇者。

在這一次的行動中，我，還有麵包，都成了她的幫兇。我不知道麵包的感覺如何，我倒是真的覺得很榮幸。

麵包店失竊之後，運氣變得很壞，他們開始販賣隔夜，甚至隔兩，三夜的麵包，顧客愈來愈少，聽說最近就要倒閉了。

我再也沒有見過Puffy，連跟她長得相像的人都沒見過。

她是不是到別的城市去開麵包店了？或者，去蓋一座城堡似的孤兒院？

又或者，這些都只是Puffy說的故事，我把它當了真。

但，這有什麼重要呢？所謂的真與假；城市裡的聚與散。重要的是，我保有的一些記憶。

我一直記得，那夜看見背著布袋的Puffy，在黑夜的街邊疾行，走過一個又一個櫥窗裡的燈，照著她的身影，忽明忽滅，就像天空裡，在雲層間穿梭的星星。

子夜的愛戀脫走

抓起風衣和手袋，一邊踩進鞋子，
一邊打開門奔出去。她跑得那樣快，
彷彿被什麼怪物追趕著，喘息著，
出了電梯，一直奔向長街，頭也不回。

圍著駝毛披肩，把自己的上半身裹住，艾織靠在窗臺前拆賬單和信件。北半球剛下過一場好雪，鋪出一片琉璃世界，此刻卻有明亮的陽光，穿進房內，投射在小几的梅枝上。錫製的花器光潔明盈，褐色的梅枝上團結著幾粒花苞，再過幾天，就該緩緩綻放開來，飄散著淡淡梅香了。她瞄一眼信件中一封淺藍色的信封，是從臺灣轉來的。是誰寄的呢？這字跡並不熟悉，事實上是很陌生的，當愈來愈多通訊以電子郵件進行時，字跡再構不成印象了。這像是一封早到的聖誕卡。她坐直身子，輕輕用拆信刀劃開。

親愛的艾織：

我等不及年末，就想向妳問候。妳好嗎？

直到現在，我仍清楚看見妳從夜晚的長街走來，與我共進晚餐。

也是那一夜，妳匆促離去，再沒有消息。

艾織的心中一緊，她聽見在沉靜的空間裡，篤篤的心跳聲。就像那一夜，她坐在寬闊的窗臺上，俯看碎金遍地的城市燈華，忽然聽見男人的聲音喚她的名字：「艾織……」她的心也是這樣跳躍著，連呼吸都變得費力。

「艾織……」男人在房裡喚她。她抬起頭來，深深吸一口氣，轉頭看見窗玻璃上自己的側臉，亮晶晶的眼眸，潮潤的嘴唇。

「艾織……」男人不疾不徐的喚她，喚她進房去，喚她走進他的懷抱。像是從靈魂深處敲擊出的聲音，那樣渴切的，呼喚著她。

她霍然起身。

她到現在還記得自己站起來時，身體顯得僵硬，指尖泛著涼意。

遇見男人那年，她剛剛解除婚約，情傷的成分不大，卻有著極真切的沮喪，為什麼總是不成呢？

與未婚夫熱戀期間，她甚至放下手邊所有的事，飛去美國陪他進修半年。夜半醒來，看見他撐起上半身，深情的盯著她看，她笑著拉起毯子掩住半裸的身子：

「你幹嘛不睡覺，有什麼好看的？」

「就因為太好看，我永遠看不厭，我不能想像有一天會不愛妳。」他嘆了口氣：「真希望可以少愛妳一點……」

她聽得眼眶熱熱的，事實上，她也不能想像有一天會不愛這個男人，除非不再愛男人了，她想。因為感覺如此強烈而明確，他們從美國回來便訂了婚，打算等他升職後就結婚。

他被同事牽連了，這個職一直沒升上去，工作更忙，她也忙起來，見面成了公式化的敷衍，約會時呵欠連連。甚至有一次在日本料理店等龍蝦刺身時，她的未婚夫睡著了。他先是靠進沙發裡，轉了轉脖子，接著就不省人事，就這樣在她面前睡著了。

侍者送上龍蝦的時候，她才確定他已經熟睡了。她驚異的看著，思考著應該怎麼辦？而後，她決定安靜的吃龍蝦，什麼事也不做。挾起第一片蝦肉送進嘴裡，她赫然發現，龍蝦一邊被吃著，一邊揮舞觸鬚，骨碌碌轉著眼珠看她和未婚夫。

這真是太荒謬了。

他們一個禮拜才見一次面。她放下筷子，喚侍者來撤走這隻精力旺盛的龍蝦。龍蝦豆腐湯送上來時，他才忽然轉醒，說：

「啊，瞇了一下。我沒錯過什麼吧？太好了，熱呼呼的湯來了。」

「你錯過了龍蝦的嘲笑。」她很想說，卻終究沒有說。

「我想，我們真的要把婚事辦一辦了，這樣約會太累了，下半年我會更忙。喂，下個月有沒有好日子？」

未婚夫一邊說著，一邊唏哩呼嚕的喝湯。

龍蝦被煮透了，變得紅豔而溫暖，彷彿寬容瞭解似的。她注視著湯上飄浮的翠綠蔥花，怠懶的笑起來。

「我們的好日子，已經過去了。」

三年了，創下她與人交往最長的紀錄。

三年來，她從沒有別人，他也一直沒有，他沒離開，她也沒離開，只是，愛情離開了。愛情先一步離開了，他們所有的蠢動都成了徒勞。她陷在一種奇特的感受中，提不起勁的消沉著。

後來，她在一個旅美同學聚會上，遇見了男人。因為陪前未婚夫出國進修，她認識了一群臺灣同學，回臺北後大夥兒仍要聚一聚。這個小團體裡陽盛陰衰，艾織的出現很受歡迎，她的一點點男孩性格與明朗作風，人緣頗佳。別人介紹男人，說是攜家帶眷剛從美國回來的，大夥兒熱烈招呼，艾織看見男人靦腆的笑意，覺得特別，於是不經意的多看兩眼。那夜不知道為什麼，喝得很瘋，艾織落單在酒館門口，竟沒人想起要送她回家。她看見男人站在她身邊，深吸一口氣，捧上背包，向男人說「拜拜」，然後，順著石塊鋪成的斜坡往下走，在街道上站定，發現男人就在身邊。

「我送妳回家。」男人不是徵詢或者請求，而是理所當然的，一邊揮手攔計程車。她一聳肩，環抱住自己，沒有拒絕。

在車上，他告訴她，常聽大夥兒提起她，也讀過她編的雜誌，對於兒童心理學的專欄特別感興趣，可能因為自己是父親的緣故吧。她發現他說話的速度緩慢，一邊說一邊構思該怎麼說，完整表達自己的意思之後，有欣喜的神色。她覺得他一定不是個受矚目的人，就像他身上穿的襯衣，一種不好界定的顏色。但，與他談話時，覺得自己是被專注傾聽的，這令艾織安心有興味。到了她家樓下，她向他擺擺手下了車，不料他也跟著下來了。計程車呼一聲遁走於黑夜，她疑惑的看著他。

「我沒來過這一區，想看看。」他對她說，一邊環顧四方。

「那兒有個小市場，那兒是銀行，下個月對面會開一家咖啡店。」她潦草的介紹。

「妳是住在……」

「這上面，最高一層。」她指指自己的小公寓。

「哇。」他仰頭，喃喃的：「妳住在頂樓，妳一定是公主。」

她差一點笑出來，男人肯定是唸童話給孩子聽的時候，被潛移默化了。

「不是的，我不是公主，我是灰姑娘。」

「好吧，灰姑娘晚安，早點休息吧。」

他站在門前的明燈下，她終於看清他的上衣是一種蒼灰色，透著柔和冷靜的光。卻不知道在陽光下該是怎樣的顏色？

他們又在聚會中見過兩次，因為他有個深度戀「家」的妻子，常帶著孩子回娘家過週末，他的週末總是獨自一個人，所以，每回見他都是從容不迫的，是她嚮往的一種氣質。她帶他去逛過書店；嘗過小吃；去公園裡放風箏，他將風箏飛上天後把繩線交給她，叮囑著：「小心點，別摔跤了。」是叮嚀小女兒的語氣，把她的心寸寸融化了。

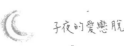

他們當然也談過男人與女人與愛情這一類的事，兩個人異口同聲都表示，超越性別的知己關係是最高境界。

「你覺得，我們有沒有可能接近這種境界？」男人問。

她喝一口可樂，先蹙眉再挑眉，表情細膩而豐富：

「我們不是已在這樣的境界之中了嗎？」

是啊，男人品嘗著咖啡，微笑的注視著她。

不管白天或夜晚，只要他們相約過後，他一定送艾織回家。艾織總在樓下與他道別，從不約他上樓「坐一坐」或者「喝一杯」。這界線很重要，也是他們最後的依恃。

然而，男人從來不知道，道別之後，每當艾織上樓，便打開所有的窗戶，探身看著男人轉過街道，行至大街。她在房裡奔跑著，從這扇窗到另一扇，追看著他淺灰色的上衣反映著陽光，陽光燦亮亮的，像一件背心，兜攏著他的黑髮黑長褲，使他混進忙碌的行人之中，仍是她眼底的焦點，她可以清楚辨認男人的背影。她一定要看見他坐進計程車裡，車子開動，才有一種心滿意足的感覺。每當她匆匆脫去鞋子，赤腳奔去開窗，盤旋在高樓外，等待的風，便嘩啦啦捲進房裡，整座套房裡全是喧鬧的聲音，嘩啦，嘩啦，嘩啦啦……她在房裡奔跑，有一種乘坐旋轉木馬的暈眩快樂。

那一次，在很有名的牛排餐館吃牛排，男人說：

「肉質是不錯，烤得不夠好。」

艾織詫異的看著男人，這是第一次聽見他挑剔的言詞。

「看起來，我面前坐著一位行家。」

「我是牛排高手，我的岳父吃過我的牛排，就把女兒嫁給我了。」

「所以，我應該請你在雜誌上秀一下，電機工程師的牛排大餐。」她為自己的企劃頭腦覺得自豪。

「可是，妳不先嘗試一下嗎？也許只是我的自吹自擂……」

「說得也是。」艾織忍不住笑起來：「說不定你岳父根本就想嫁女兒給你的。」

「是啊。還是試一試的好。」

艾織坐直了身子，放下刀叉，問男人：

「怎麼試？」

就是在一個週末夜晚，男人的妻與孩子去日本旅行，艾織去男人家品嘗他的烤牛排。她穿著一件長風衣，抱一瓶紅酒，踩過長街，到了樓下，確認門牌號碼無誤，忽然想起男人第一次送她回家說的話。她環顧四周的環境，這是一個純住宅區，沒有商店，隱隱可以聽見電視與音響傳出的聲音；碗盤與進餐的聲音；嗅到紅燒魚的氣味，她忽然抬起頭搜尋十三樓，在陽臺上，她看見男人俯身看著她，臉上彷彿還帶著微笑。

牛排果然很好，紅酒也不錯，他們吃了三個多小時，交換了彼此的故事。艾織第一次向人說起睡去的未婚夫與龍蝦與自己：「好孤獨哦，只有龍蝦在陪我，牠真的陪我，眼睛轉呀轉的，好誇張。」

她說著一邊大笑，笑出眼淚。男人不笑，握住她的手，疼惜的用眼睛撫愛她。

吃完飯男人洗碗盤，她跟進廚房，流理檯太高，她撐了一下沒跳上去，男人的雙手放在她腰間，一抬就把她放在洗碗槽旁。他的手很緩慢的離開她的腰，令她強烈渴望。她規規矩矩坐著，看他把洗潔劑的肥皂泡堆成一座小丘，聽他說他想要的生活就是像此刻這樣的，即使要付出代價也值得；即使有極大的變動也甘願，她有一刻很想叫他住嘴，只要熱烈的吻她就好了。

她明白，自己是愛他的了。

倒一杯咖啡給她，男人進臥房去換洗碗時弄濕的衣裳。艾織坐在窗臺啜飲香醇咖啡。看見臥房投射出來的暈黃燈光，他沒有關門，他現在是半裸的嗎？她想像著，忽然，聽見男人極溫柔的呼喚：「艾織。」

猛地一窒，她的神魂俱動，男人的呼喚中有祈請，有渴求。她是願意的，她甚至不需要掙扎，她願意。

男人第二次喚她，比第一次更堅定，她明白男人做了一些決定。她看見愛情已姍姍走進房裡去了，她轉頭注視自己玻璃窗上的側影，每一次是不是一定都是這樣的呢？男人第三次喚她，她知道他會走出房來，那麼，她將無所遁形。

她霍然起身。

抓起風衣和手袋，一邊踩進鞋子，一邊打開門奔出去。她跑得那樣快，彷彿被什麼怪物追趕著，喘息著，出了電梯，一直奔向長街，頭也不回。她就這樣逃跑了。像灰姑娘從王子的舞會中脫走，她忽然明白了這個童話，灰姑娘一定要速速逃跑的，在愛情離去之前，才能留給王子一只璀璨的玻璃鞋，一個永恆美麗的回憶。

沒有人知道原因，顯然連男人也不知道，他成全了她對愛情的一種完整的想望。不管她到了哪裡，不管經過多少歲月，她都不會忘記男人，也忘不了脫走的深夜，長街上忽然湧起的薄霧。她相信男人看著她走遠的身影，只是沒有開口喚她。

聽說妳們相愛

她更敏銳的感覺到阿俊的心跳和柔軟的軀體，
這擁抱如此全心全意，
她覺得被擁抱的不只是她的身體，
而是無依的、飄蕩的靈魂。

秦玉桐第二次拒絕出版社老闆許翰林的求婚，許翰林也不沮喪傷心，繼續把盤裡的鵝肝醬牛排吃乾淨，用餐巾紙拭去嘴邊的渣滓，玉桐提醒他忽略的另一點醬汁。

「謝謝。」他說：「這次是什麼理由？因為小孩跟我住嗎？」

他的語氣與態度都是心平氣和的。實在太熟了，熟到不能和她生氣。

玉桐開始想理由，可她的想像力都用在羅曼史小說的創作上，兩個月一本暢銷書的寫作，使她其他的時候都懶洋洋，無精打采。許翰林剛認識玉桐的時候就知道這女作家能為他賺錢，可是她那心不在焉的樣子，小孩一樣的臉孔，天啊，什麼樣的男人會愛上她？想不到五年以後竟向她求了兩次婚，而且還被拒絕。

玉桐還在想理由，看起來好像在困惑中發呆，許翰林真替她難受。這女人也不談戀愛；也不迷名牌珠寶，也很少與姊妹淘喝茶聊天；不去韻律教室健身房；最大的消費是有時住在休閒飯店寫稿。她沒有情慾的嗎？她不需要愛人與被愛嗎？玉桐還在想理由，很認真的，一言不發。

「妳已經三十三歲了，很快就老了，又不戀愛又不結婚，將來誰照顧妳？」

玉桐繃緊的臉龐放鬆了，她的笑容近於狡黠：

「你把版稅再提高一點點，我就可以養老啦。」

「妳做老闆好了。」許翰林心灰意冷的。

「好嘛，好嘛，今天我請客囉。」

許翰林盯著她無辜討好的笑臉，忍不住也笑起來：

「誰忍心吃妳的養老金啊？吃了消化不良的。」

這一笑，求婚事件到此為止。

送她回家時，許翰林試探的：

「不請我上去喝杯水？」

「我家停水。」

上次是朋友寄養一隻神經質的狗在她家，一見陌生人會叫得沒命一樣，怕引起四鄰抗議。

「喂！妳的養老金……」

「怎麼樣？」

「如果有一天我周轉不過來，可以借我嗎？」

「你的利息高不高？」十分斤斤計較的嘴臉。

許翰林差點笑出來。要換了別人說，他都相信，至於玉桐……三個月前她拿著一張兩年前的版稅支票二十幾萬，憂心忡忡給他看，說忘了去兌現，不知道現在還能不能領？他簡直不相信，玉桐的版稅雖說不少，也沒多到管不了的地步，這女人分明沒把錢當錢。因此她談錢時慎重其事的樣子特別好笑。

「我一定付最高的利息。」他忍住笑：「好好睡吧。」

玉桐睡得並不好，她把這歸咎於晚餐的義大利咖啡。

她翻來覆去構想新的故事情節，兩個月一本的創作量對她來說已漸漸不勝負荷，覺得許翰林應該積極的培養新人。許翰林總說沒人像她那麼負責認真，一直尋找新的題材和故事，從不拖稿欠稿，「秦玉桐是獨一無二的」，他說。玉桐才不相信，沒有人是不能被取代的，她希望被取代，那麼，就可以去做其他的事了。也許去加拿大，對！加拿大不錯，姊姊玉楓一直催她去加拿大遊學。離開學校十年了，再回去當學生，是很有趣的事吧。說不定又可以寫一本遊學的小說……不對，不對，說過不寫了，就不寫了。

她彷彿睡去，站在學校的楊梅樹下，等人的樣子。樹上結了纍纍的楊梅，紅紅的小果子，她出神的看陽光篩下來的影子。忽然有人掩住她眼睛說：

「張開嘴。」

一粒楊梅餵進嘴裡，那人貼著她耳根問：

「甜不甜？」

她怕癢，笑起來點頭。

「我就知道妳喜歡。」心滿意足和一點霸道。雙臂順勢環抱住她，她喜歡這樣被擁抱的穩帖舒適，依戀這種被寵愛的感覺，希望可以更長一些更久一些。這些年來她經歷過不算太少的擁抱，即使是在她所以為的熱戀中，那個男人熱情的擁抱也無法企及。怎麼辦呢？身體有它自己的記憶，這記憶主宰心靈，不能改變或者矇騙。

她在黎明前醒來，面對現實，睡不好不是因為咖啡，不是因為許翰林的求婚，而是因為同班同學周明和寄來的喜帖。其實也不是因為明和要結婚了，是因為他打電話來問玉桐要不要到南投吃喜酒？

「我能不來嗎？把你送入洞房，我就了了一樁心事了。」

「是了了心頭大患吧。」

「我本無心，哪來的大患呢？」

明和無聲的笑了笑：

「有人很想見妳，問我妳來不來？」

「誰這麼惦記我？」

「妳說呢？」明和的聲音沉了沉。

玉桐其實想到了，但她不能說，她無言的等待著。明和也不說了，重拾活潑的語調：

「好！妳答應我要來的。我告訴大家，愛情小說天王巨星要來吃喜酒，看看禮金能不能多收一點。」

「叫新娘子少穿一點，保證禮金滾滾而來。」

「這妳放心，我老婆的身材那真是沒話說。」

「聽起來太驕傲了吧。新郎倌。」

就是因為這一通電話，擾亂了玉桐的情緒。她知道是誰打聽她，從很多年以前她就知道了。

唸高中的時候，玉桐非常不快樂，因為分居三年的父母親終於決定離婚了。

她變得沉默，什麼人也懶得理睬，同學說她得了自閉症，也不大理她。她夢遊似的一個人上學、放學、蹺課看電影。有一次在電影院門口被黃牛糾纏，驚惶之中，一個穿相同校服的女生和一群流氓似的男生替她解了圍。她嚇得再不敢一個人遊蕩，不願遇到騷擾她的人，也不想遇到替她解圍的人，那裡有一股類似墮落或沉淪的氛圍，她想遠避。輾轉聽說電影院遇見的女生在打聽她，她不肯承認自己去過那裡，說那個女生一定認錯人了。

認錯人了，不是我。玉桐對別人說，也對自己說。

可是，她常常在學校裡看見那個女生，聽見別人叫她：阿俊。

阿俊看見她，總是似有若無的笑一笑，便轉過頭和身邊的同學說笑。玉桐每次都擔心她會提起電影院的事，而她什麼話都不對她說，又令她悵然若失。

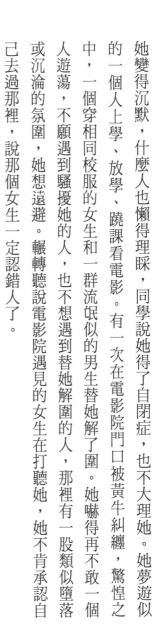

快畢業的時候，玉桐才知道她叫做陳俊美，從國中起就以男朋友很多而聞名，現在仍維持一貫風格。她發育良好的身軀有一股昂揚的氣息，不安定，難以拘管。

大學聯考是玉桐的轉捩點，她考得超出想像的好，找回自信，變得活潑開朗了。一年級唸完，認識許多同學，男生女生都和她相處得不錯，覺得她像孩子，什麼事也不計較。二年級開學了，八個轉學生來到班上，有個長頭髮女孩對同學說，因為男朋友在這個學校，只好考插班來看著，一輩子也沒這麼用功過。從沒有女生自貶身價說這樣的話，男生女生都聽得很新奇，很開心。那女孩忽然轉過頭看住玉桐，亮燦燦的眼睛。

玉桐不能控制的脫口而出：

「阿俊！」

這一喚好熟似的，就熟起來了。

阿俊看起來很不同於高中時代，是因為她的長髮煥發出另一種女性的風情嗎？

「妳也不一樣了呀。」停了停，阿俊說：「我想，這一次的戀愛是我一直想尋找的愛情了，所以令我不一樣。」

玉桐聽住宿的同學說，那個哲學系的才子和阿俊在宿舍即將關門時，熱情擁吻，不在意別人的議論和異樣眼光。

「妳們那個阿俊……」不以為然的人總在玉桐耳旁嘀嘀咕咕。

「哦，這樣啊……」玉桐的回答聽不出情緒。

她其實也不知道該有什麼樣的情緒，看著阿俊為情人蹺課，為情人缺考，看著她在情愛中牽牽絆絆。

在玉桐看來，阿俊是很投入的了，卻聽說阿俊的情人很為她的忽冷忽熱而痛苦。忽冷忽熱？阿俊？不會吧。

玉桐覺得一定是誤傳，阿俊是熱情的。

她們的體育課很巧的總是選在一起，韻律課、土風舞、網球和桌球，阿俊特別喜歡上體育，從不遲到早退，更不蹺課請假。跳雙人舞的時候，她每次都跟玉桐一組，偶爾失散了，她就千方百計換回來，不知道她用的是什麼樣的說詞，反正別人就願意同她換。

「妳怎麼說的？」玉桐好奇的問過。

「是我的祕密，不能告訴妳。」

跳舞的時候阿俊都跳男孩子的舞步，她的手扶著玉桐的腰說：「太瘦。」她的手握著玉桐的手說：「好軟。」她的眼神異樣溫柔，像浮著一層薄薄的淚光，有一些強烈的東西，讓玉桐不敢看又被蠱惑。

春天多雨，不能上網球課，老師集合大家在視聽教室看網球明星的球賽錄影帶，大夥兒席地而坐，擠成一堆，一種親近的空氣彌漫著。熄燈以後，玉桐感覺到有呼吸湊近後頸，暖烘烘的，幾乎貼在皮膚上，然後手臂從背後圈住她。起先是試探的，玉桐清楚感受到那種不確定的猶疑，她努力調整呼吸，盡量沒有反應。於是手臂緩緩收緊了，她更敏銳的感覺到阿俊的心跳和柔軟的軀體，這擁抱如此全心全意，她覺得被擁抱的不只是她的身體，而是無依的、飄蕩的靈魂。她從不知道擁抱可以到達這麼深的程度，深到令她落淚。

這樣的擁抱後來慣常發生了，一點也不避忌，尤其在上體育課的時候。阿俊習慣站在背後，出其不意的擁抱，可是玉桐總能在兩三秒前感應到她的想望。感應到的同時，她的身心都做好準備，阿俊的手臂環抱，舒解了她的緊張，讓她鬆弛下來，整個人軟軟的倚靠著阿俊。阿俊比玉桐稍矮一點，她的下巴擱在玉桐肩上，兩個人看到的世界的角度與樣貌是一式一樣的。

玉桐從不主動碰觸阿俊的身體，她總以為，如果對一個人的身體或者心靈有渴望，那就是愛情，她愛上的應該是一個男人，不是女人，不會是阿俊。

玉桐有時也和班上男生周明和出去，明和手長腳長，騎機車的架勢很帥。他把車騎到山上，帶玉桐看夜景，燈火很好，月色很好，蟲鳴風清，人煙稀少，一切都恰到好處，只有玉桐不對勁。他擁抱她時覺得她的身體僵硬得需要進微波爐退冰，他想親吻她，卻正對著她受驚睜圓的眼睛。於是他廢然放棄，不想自己看起來太荒謬可笑。玉桐其實也想了很久，她不是希望明和約她的嗎？她看到明和不是滿歡喜的嗎？明和後來疏遠她一陣子，令她很難受，明和也不好受，掙扎過後又來找她看電影。

「妳還沒找到那個人對不對？」

玉桐點頭。

「所以，我還有指望，對不對？」

玉桐不明白自己為什麼不能愛上他，她想起來就和自己生氣。

這些事玉桐不會和阿俊說，因為阿俊從不對她說自己的戀情。有一天在網球場環抱著玉桐的阿俊的手臂忽然鬆弛，她的下巴離開玉桐的肩，一切都發生得很快，那個哲學系男生走過來，雙眼通紅像要噴出火來，對阿俊大吼：

「妳碰都不肯讓我碰！我是妳的情人耶。她是誰啊？妳有病是不是？妳不正常啊——」

四面八方的人都在看，玉桐覺得很驚惶，很羞愧，也迷惑，他們之間不是很狂情的嗎？為什麼男生看起來那麼忿怒，好像受辱的神色。

阿俊直瞪著他：

「你發什麼神經？」

「對！我發神經！」男生苦惱到要哭的樣子：「我要被妳逼瘋了！妳告訴我怎麼回事好不好？是因為她嗎？是不是她？」

玉桐站著，彷彿彌天大禍兜頭罩下，她從沒有那麼窘迫。明和忽然走來，一把拉開玉桐，問向哲學系男生：

「她的事就是我的事，你有什麼問題？」

喘息聲在四個人之間應答，沒有人說話。

明和伸手牽玉桐：

「那，我們走吧？」

玉桐乖順的被牽著走遠，阿俊忽然拔足追上：

「對不起！這不干妳的事，我跟他已經完了，根本就……反正，跟妳一點關係都沒有。」玉桐低頭看著腳邊迴旋的風沙，沒有抬頭，也不答話。

這件事以後，玉桐跟明和走得更近，大家都說他們是班對。那段期間，明和帶玉桐去了海邊，去了山巔；擁抱親吻都試過了，還是不行。

「妳到底是太保守？還是我太沒有魅力？」明和似真似假的：「要不然，妳把我當阿俊好了。」

玉桐很生氣，她堅持自己回家，不要明和送。

第二天明和去接她上學，照面一笑，又和好了。

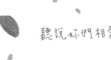

玉桐的生日在春天，他們說好要去夜遊慶生，可是明和那天的情緒很差，原因是下過雨的草地上，有人用紅色玫瑰花瓣排字，向全校宣布：

玉桐　生日快樂，永遠的愛

大家都取笑明和說他太戲劇化，這下一舉成名了。連玉桐也當是他做的，難免有些小小的虛榮和甜甜的喜悅。中午玫瑰花瓣在風中吹散了，明和的臉色不大好看：

「不是我做的，我必須坦白跟妳說。」

「那會是誰呢？」玉桐真的很疑惑。她一向知道自己不是對異性很有吸引力的女孩。

明和欲言又止，搖搖頭。他的沮喪是可以想見的，就像有人在他的領土插上一面旗幟，雖然玉桐屬不屬於他還很難說，但他們的班對之名在外，總是不爭的事實。玉桐很能諒解他的心情，因此特別和婉的取悅他，明和卻總是不對勁，經過這件事，玉桐愈發覺得他們倆是不可能的，就是少了些什麼。明和好像也明白了。

「我也該功成身退了。」他笑笑的說。

玉桐沒有追究，卻覺得他指的是阿俊的事。阿俊從來閒不下來的，又和一個社會人士熱戀，蹺課蹺得更厲害，她的情人的BMW常等在校門口，有一次玉桐遇到他們，阿俊把車窗搖下來：

「玉桐！去哪裡？我們送妳。」

玉桐勉強笑著走開，她很不喜歡那個男人，而且聽說阿俊是他的外遇。玉桐所想像的外遇是淒美的、感傷的，一個有氣質的已婚男人。這個男人有一雙過度銳利的眼睛，幾近挑剔，浮腫的臉龐看起來有縱欲的痕跡。

她不瞭解阿俊的選擇。

快畢業的初夏，玉桐站在噴水池旁等待社團的同學，因為天漸漸熱起來，她把頭髮全紮在頭上，低著下巴看水裡的游魚。專注之中，她覺得有人在盯著她看，深吸一口氣，她忽然轉頭，捉住那雙眼睛，是阿俊。

玉桐並不意外。

阿俊站在水池的另一邊，陽光斜斜的投射在她身上，像鑲了一輪璀璨的金光，她安靜近乎虔誠的注視著玉桐，隔著不遠不近的距離。玉桐看著她，驚懾於她的美麗，並且知道這一刻就將是永遠的記憶了，要把這一個容顏深深印拓在生命裡，她眨眨眼，忍住因酸楚的情緒而欲落的淚水。

阿俊說話了，用一種很不一樣的腔調，說：

「妳看起來真美，妳知道我為什麼會來這裡？為的就是妳的緣故，一直就是妳……」

玉桐覺出了這話的不尋常，阿俊從來沒有過的神情，也不尋常，她靜靜與阿俊對看，不敢有任何表示，不敢表示她聽明白了，或者聽不懂。

然而內心最激盪的感情波濤撞擊洶湧，讓她有一陣子無法正常呼吸。

社團同學的出現使一切恢復正常，阿俊一閃離去了，玉桐幾乎懷疑她是否出現過？是否真的說了那些話？卻恍惚了一整天，她一直在想，如果其他人沒有出現，阿俊接下來會說什麼？會做什麼？會不會走過來擁抱她？

畢業以後都散了。

聽說阿俊和一個留學生相親，半年後到美國結婚去了，又聽說其實沒結婚，只是訂婚，去了美國便解除婚約，跟一個開餐廳的華僑結婚了。玉桐也在親朋好友的安排下積極相親，她一直覺得自己會結婚的，甚至想像多年後有一天與阿俊重逢，兩個人都是中年婦人了，告訴成為同學的孩子們：

「啊！知道嗎？當年媽媽也是同學呢。」

帶著飽含深意的微笑，不再說下去了，剩下的事是時光中的祕密，如今也已經不重要了。

玉桐真心誠意的談過幾次無疾而終的戀愛，總是卡在對方有求婚的意思時就開始仔細考慮，這男人和這樣的生活真是我要的嗎？只要一思考，答案就是否定的。三十歲以後她告訴自己，所有的戀愛都在愛情小說裡談完了，今生不可能愛上什麼人了。

陸陸續續仍能聽見阿俊的消息，說她丈夫有外遇，她要求離婚，丈夫不肯，雙方鬧得很僵，為了這個原因，阿俊帶著兩個孩子回臺灣娘家暫住。玉桐這才知道阿俊是兩個孩子的媽了。那感覺好奇怪，一切都更加鏡花水月，而且與阿俊更無關連，許多回憶都是玉桐自己一個人的了。她有了一種失落的惆悵感。同學說阿俊在打聽她，她無可無不可，態度顯得冷淡。

後來又有人告訴她，阿俊離婚了，放棄美國的財產，爭取到兩個孩子的監護權，回到臺灣，日夜兼差，非常辛苦，大概吃夠情愛的痛苦，不肯再涉情濤了。又問起玉桐的近況，問她還是一個人嗎？

現在明和也要結婚了，她還是一個人。玉桐知道打聽她的人是誰，從高中時就一直是那個人。

去南投前，玉桐到髮廊去剪頭髮，要求年輕的樣式，設計師建議她把頭髮剪短打薄。貼在頭上，有些中性的打扮。

她沒什麼掙扎就剪了。依舊是小孩子的臉，卻是一個長大了的小孩，歲月使她看來沉靜些，她在鏡子裡看見一雙略顯寂寥的眼睛，告訴自己，那就是我的眼睛，是我。

和許翰林吃午飯時，許翰林很費一番功夫才認出她。

「哎喲喝！剪壞啦？」

「特別設計的。」

「是嗎？」仔細打量一番，還是有些遺憾：「不必為了讓我死心把頭髮剪成這樣嘛！」

玉桐不搭理他，享受盤中美食，許翰林挑選餐廳的品味一向很不錯的，而且，剪了頭髮以後，她的心情不錯。

明和的婚宴在家裡舉行，長大以後就沒吃過辦桌的酒席，玉桐很懷念那種鄉野氣味，她搭乘臺汽在南投下車，再乘坐預先約好的周家親戚的車去喜宴。

才下車就嗅到菜餚的香味，做招待的同學迎上來，看了一會兒才認出：

「天呀！這是誰呀？果然超級巨星，簡直認不出來了。」

一群孩子追著跑著，一個小女孩直撲向玉桐而來，玉桐看見小孩總習慣要躲的，只怕一不小心把人家的小孩碰壞了。但這小女孩來得太快，仰著的小臉上有一些特別的，玉桐也說不清楚是什麼的東西，當小女孩抱住她穿長褲的腿，她也就溫柔的扶住了小女孩。

「小心喔。」

低著頭，但她感受到專注的凝視，只有一個人的眼光是有溫度的，她感覺到

炙熱；只有一個人的眼光是有聲音的，她聽見渴切的呼喊。

玉桐抬起頭看見阿俊。

她其實不是看見，而是感覺。看見，是以形貌作判斷，阿俊的形貌卻完全變了。阿俊胖了許多，臉上的精緻與神采都消失了，她的長髮盤梳起來，兩鬢不應當的花白了。她也不過三十出頭，這些年來，到底遭遇了什麼樣的事，怎麼把她折磨成這樣呢？

小女孩跑過去叫「媽」，是阿俊的女兒。

阿俊牽著小女孩的手，走過來，走到玉桐面前：

「叫阿姨。」

「阿姨好。」小女兒甜甜的叫。

「好乖。」玉桐伸手碰碰孩子的面頰，趕忙收回，她的手指洩露了她的顫抖。

「十年了。我們已經十年沒見面了。」阿俊說。

她現在的神情裡多了些篤定與從容。孩子掙脫母親的手去玩了。

「這是大的還是小的？」玉桐忽然覺得有小孩真不錯，否則她不知該說什麼才好。

「是小的。她哥哥是穿紅格子襯衫的，很頑皮。」阿俊臉上的笑容是母親的那一種。可是，當她的眼光轉向玉桐，依然是熄不了的波光瀲灩：

「妳的樣子跟我夢裡想的一樣，唯一的不同是……」阿俊深吸一口氣：「玉桐，妳更美了。」

玉桐的夢；阿俊的夢，原來都是不設防也無障礙的，因此，可以暢行無阻，任意穿越。

「妳，好嗎？」玉桐問。

「妳看我，未老先衰了。可是還不錯，現在真的知道自己是怎麼一回事了，不必再苦苦追尋了。」

做招待的同學拉了玉桐去看新郎新娘，對阿俊丟下一句話：

「馬上還給妳。」

明和西裝筆挺，言談舉止還是大剌剌的，看見玉桐滿心歡喜，叫來攝影師一張接一張的拍著，並且悄聲說：

「我夢想跟妳拍結婚照，想了十幾年了。」

「我去告訴你老婆。」玉桐轉身就走。

明和追了兩步，聽見玉桐對新娘子說：

「明和真的是個難得的好人，妳有眼光。」

「我好喜歡妳的小說！」新娘子很興奮。

覷了個空，明和問：「看見她嗎？阿俊帶孩子來了。」

玉桐點頭。

明和走得更近一些，聲音壓低了，也急促了：

「她原先以為我們會在一起，她可能一直希望我們在一起。我該怎麼說呢？真是……玉桐，妳有沒有想過，這麼多年，妳為什麼找不到心的歸屬？妳想過沒有？妳是一個人，阿俊也是，也許是天意，妳們這麼久了，總算可以有情人終成……」

「你說什麼？」玉桐打斷他，狠狠的瞪著他看，這樣好像就能達到恐嚇的作用了。

「不是，」明和笑得尷尬：「不是聽說，妳們相愛嗎？」

玉桐不能反應，只默默站著，腦中一片空白。

是不是全天下的人其實都知道了，只瞞著她一個？誰瞞著她？不是別人，是她自己。是的，高中時阿俊初次打聽她，她就否認，認錯人了，不是我。她一直否認，阿俊沒有認錯，是她自己不肯承認罷了。

「生日那次，我去學校特別早，撞見阿俊用玫瑰花瓣在排字，我就明白了。還有很多很多事，妳自己應該明白的。」明和說：「所以，也許她永遠無法與任何男人在一起生活，其實是因為妳的緣故。」

我也無法與任何男人一起生活，難道竟是因為她的緣故？玉桐覺得身體裡有一種說不清的疼痛，猛然甦醒。

再看到阿俊的時候，玉桐的感覺是隔世的。

「看到明和了？我聽說他要結婚，還以為妳要結婚了。」阿俊說。

「我們從來就不是一對。」玉桐說。

「是呀。明和也這麼說，是我弄錯了。」

「妳呢？」玉桐忽然變得勇敢：「妳跟誰是一對呢？」

阿俊的臉色在一瞬間變得艱辛，她看著玉桐纖長的身段，入時的裝扮，光彩的神色，像受到燒灼似的跳開眼光。

「我去看看孩子。」她走了兩步又回頭：「我開車來的，待會兒一起回臺北吧。」

阿俊的女兒沒吃完就睡著了。上路前阿俊帶兒子上廁所，就把女兒交給玉桐，小女孩微微汗濕，蜷著身熟睡，頭抵著玉桐的胸，對玉桐而言是全然新鮮的經驗。

兒子玩累了，乖乖爬進後座，女兒睡得迷糊卻不肯鬆開玉桐的脖子，這樣的依戀教玉桐湧上一股窩心的感覺，她和阿俊打商量：

「讓我抱著她吧。」

阿俊微微笑著：

「怕累著妳。」

「不會的。好啦。」

阿俊的笑意中帶著縱容：

「那，好吧。」

她替玉桐開車門時靠得很近，那種感覺又來了，感覺到阿俊的想要擁抱的強烈欲望，已經這麼久了，這感覺仍如此鮮明尖銳。但阿俊沒有碰觸她，甚至是小心的保持著距離，將她和女兒送進前座。玉桐坐著，有些怔怔的，像是好容易清楚認識了情感，卻又發現只是夢。

阿俊在她身邊坐下，先檢查安全帶，然後發動引擎。

「上路了。」阿俊說。

車子平穩的行駛在黑夜的省道，四周很安靜。

「這些年，妳過得很辛苦……聽說一個人兼了幾份差事？」玉桐問。

「這不算苦，我的頭髮前兩年鬧離婚的時候白了，以為撐不過去。現在什麼都好了，過自己想要的生活。竟然，竟然還能見到妳，老天爺對我很不錯了。」

玉桐的手有些發涼，她只是不想再等了：

「有話想對我說嗎？」

阿俊牢牢握住方向盤，雙眼直直盯著前方，呼吸的起伏變大了。

「我想過……」阿俊過了一會兒說：「我想過很多次，在我孤獨寂寞的時候，在我飄流異鄉的時候，在我即將臨盆一個人拚命開車去醫院的時候，我都想到妳，想到有一天如果遇見，要對妳說什麼，說這麼長的時間我一直努力做一件事，就是遠離妳，遠遠，遠遠的離開妳，去和別人談戀愛，去做別人的妻子和母親。我一直想，有一天我會告訴妳，可是今天見到妳我無話可說，妳看起來這麼好，比我可以想像的還好，根本不需要我照顧。我不知道該說什麼……」

女兒忽然從夢中驚醒哭泣，玉桐輕聲撫慰，溫柔親吻著懷中的小女孩。阿俊的臉轉開，不想讓玉桐看見她眼裡浮起的淚光。

「我其實沒妳想像的那麼好，妳也沒那麼糟。」玉桐說，一邊梳理著小女孩額上細細的，絨毛似的髮絲。

「去年我動了卵巢的手術，荷爾蒙的藥一吃整個人一直胖起來，完全走樣了。我掙扎了好久，該不該來見妳，後來又想，沒有什麼可怕的，只要見到妳就好……」

車子滑上高速公路，交流道燈光明亮，看得更清楚，玉桐與阿俊不約而同轉頭相望。

「高中的時候，電影院的那個女生，是我。」玉桐說。

「我知道。」

「妳為什麼不來問我？」

「為難妳，我不忍心。」

「妳什麼時候知道的？」
「大概比妳知道的早一些吧。」
「接下來有什麼打算？」
「過日子吧。一天一天，孩子很快長大了。如果，將來，妳仍是孤獨的一個人，讓我照顧妳，給妳家的感覺。是人，都不該孤孤單單的過日子。」
「為什麼要等以後？我們等得還不夠久嗎？」
「現在我的狀況不好，會拖累妳的……」
「讓我照顧妳，照顧妳和孩子。我可以的。」
阿俊想要拒絕，但她說不出話來，因為，玉桐騰出一隻手，攬住她的肩。玉桐的另一隻手抱著她的孩子，分明就是親愛的一家人了。
玉桐有一種找到家的安定幸福感，雖然，回臺北還有一段長路，未來的道路也還長。

彷彿
城市裡吹起一陣春天的風，
這風來自芬芳的山谷。
彷彿，你從不曾離開。
彷彿，我們仍然相愛。

她緩緩醒來，首先嗅聞到白色床單被陽光烘烤過的氣味，然後，感覺到軟綿綿的枕頭，蓬鬆的，溫柔的托著她的頭，她看見晨光裡自己纖細的手指，這一瞬間，她忽然被幸福所包圍，所充滿。是的，就是這樣的一個甦醒，她曾經微笑著醒來，在愛與被愛的情緒中。

曾經。意識到一切都已經過去的剎那，她被哀傷狠狠鞭笞，都過去了，一去不返啊，她縮起身子，微微顫慄。

「哇，這是蝦子耶……」甥兒樂樂的聲音在門外響起。

她可以想像，樂樂撿起工作檯上剝去殼的蝦子，端詳著，壓捏著的樣子。

「嘿，樂樂，別動，爸爸不是交代過，不要動星子阿姨的東西嗎？」姐姐隨後趕來，大約是從樂樂手上取下了蝦子。

「媽我跟妳說哦，這個蝦子是假的耶。」

「這是你阿姨做的，很像真的啊。」

「很像真的，可是，還是假的啊！」他們母子倆的聲音愈來愈遠，應該是離開了工作室了吧。

星子翻個身，想再度睡去，如果不睡，她不知道該做些什麼。

她或許睡去了，或許並沒有睡去，她看見自己走進社團放映室，摸索到一個空位子坐下，安靜的看著投影機投射出來的春天星座圖。介紹星座故事的陸正宇正站在屏幕旁的陰影裡，講述著大熊星座和小熊星座的故事：

「宙斯變成森林美女柯麗絲多最信任的人，騙取了她的感情，還使她懷孕。」

「男人不都是這樣的嗎？」一個女生嘲諷的插嘴，其他人都笑起來。

正宇也笑起來，他說：「並不是所有的男人都這樣的啊。」

他明明站在陰暗裡，卻那樣輝煌閃亮，星子常常希望他不要這樣強烈的存在，不要這樣專橫的攫取她全部的心思與注意力。

「宙斯善妒的妻子將無辜的柯麗絲多變成一隻大黑熊，二十年後，柯麗絲多的兒子在森林裡狩獵，遇見了大熊，這位熊媽媽張開雙臂要擁抱苦苦思念的愛子。她的兒子卻被奔跑而來的大黑熊嚇壞了，他拉滿弓，瞄準了黑熊的心臟……宙斯在天上看見一切，他將兒子變成一隻小熊，把這對熊媽媽和熊兒子一起帶到了天上，這，就成了我們看見的大熊和小熊星座了。」

她發現自己的雙眼潤濕了，不能表達的情感，是何等艱辛而又何等悲哀啊。

每一次聽他說故事，總是莫名的感動或感傷，他的聲音很能打動她，可是，即使他不說話，依然可以打動她。

「嗨，妳果然來了。」一當人群都散去，他看見她，並向她走來。他微笑著，右頰上的酒渦陷下去，她常常想測量那個酒渦的面積，用自己的食指，也許，得用大拇指。

她貼在枕上的手指輕輕動了動……她一直沒有機會測量，即使是他靠她最近最近的時候，她也沒機會。

你好嗎？

我回來了。整整九年，我曾經以為自己會一輩子待在日本了。用著不同的語言，過著不同的生活，大家都認為這樣對我的病會好一些。我學會了一些生活的技能，用矽膠做食物模型，不管是顏色或是形狀，都幾可亂真呢。我最得意的是味噌麵的湯汁，很有透明感，連味噌的沉澱物也能表現出來。至於牛排啦，明蝦啦，雞腿啦什麼的，簡直是雕蟲小技了。

如果，你看見現在的我，會不會覺得驚奇呢？

星子去看了父親，父親住在安養院，一個月五，六萬元的費用，使安養院更像個五星級飯店。她到的時候，父親正在三溫暖室裡做按摩。她在父親房裡等待著，這是奶黃色的溫暖住所，父親的書一排排沿著牆壁站好，黑色電視機站在另一邊的架子上，半開的衣櫃裡，內衣和襪子都一層層的安放整齊，有樟腦丸的氣味。她在床上坐下，而後懶懶的躺下來，轉側間瞥見床頭小櫃上放置著兩張相片。

大一些的是最後一張全家福，母親和父親交握著手併肩坐著，姐姐和哥哥站在父母身後，哥哥戴著學士帽，他是家裡第一個大學畢業的孩子。至於她呢，父母最鍾愛的星子，那年只有十六歲，蘋果臉上嵌著一對大眼睛——這就是為什麼她的名字叫星子——她愛嬌的伏在父親和母親的膝頭。她一直是任性撒嬌的，不知道為什麼全家人也都覺得她應該是驕縱的，可能因為她是模樣長得最好的孩子，可能因為她是老么，可能因為母親的猝死，讓大家對她更多憐愛。就在那一年冬天，母親因心臟病去世。父親一直沒有再娶，沒有情感生活，星子知道他不是不願意，而是不能。他太愛母親了，使他喪失了愛的能力，這一點，星子相信自己遺傳了父親，無可救藥。

小一點的相片，是星子去日本的第三年寄回來的。第一年和第二年，父親都去探望她，她陪著父親去嵐山嵯峨野，他們在渡月橋邊的綠草地上野餐。第三年，姐姐結婚，父親忙碌著，沒能去日本，她的身體很弱，也沒回來參加婚禮。秋天的時候，她以滿山紅葉為背景，請姑母替她拍了一張相片，寄回來給父親。她的嘴唇緊抿著，靠在橋頭，雙臂環抱住自己的身體，因為製作不出更像豆大福的模型微微苦惱著，那時候，她已不是個任性的女孩了。

半掩的房門忽然開啟，父親精神健爽的走進來，一邊回頭看著身後。星子翻身坐起，看見跟著父親走進來的一個嬌小的，髮色銀灰的女人。他們看見星子的時候，都有些錯愕。

「怎麼來了？」父親握住搭在頸上的白色毛巾。

「我是，剛好到附近來看朋友，所以，沒先約好，就來了……」

「哦，這是，這是我的朋友，吶，叫聲吳阿姨吧。」父親望著身邊的女人，用刻意輕鬆的語氣說。

那女人手中拿著一束金盞菊，打量著星子，臉上掛一個禮貌的微笑。星子稍稍點頭，說：「妳好。」她還不習慣叫阿姨。

「我的小女兒，在日本好多年，跟她姑母回臺灣來發展的……」父親補充說明。

「你們好好聊吧，我先走了。」女人熟練的從父親的櫃子裡取出花瓶，將花插進去，放置在床頭，施施然離去了。

「呃，我的朋友。」父親看著女人的背影說。

星子想，父親真的老了，他忘記這句話已經說過了。

他們在餐廳共進午餐，父親點了菲力牛排，她只想吃凱撒沙拉。

「只吃青菜不行的，看妳現在瘦得……」

「爸爸，你的胃口變好了。」

「是嗎？可能是因為這兒的活動多，老年人需要活動，不然就生鏽啦！」

他們沉默的進食，星子覺得自己咀嚼青菜的聲音太大了，於是，停止下來，看著吃得津津有味的父親。

「姑母的工廠什麼時候開始？」

「我們還要再設計幾款樣品，然後就可以大量生產了。」

「很好，不錯啊，真不錯。」

「爸，我不想住姐姐那裡，我找個房子，我們一起住，好不好？」

「怎麼，為什麼，姐姐姐夫說要照顧妳的……」

「不是，他們都對我很好，可是，我想，我想有自己的地方住，我都已經三十歲了，我們倆可以住在一起，我不想你住在安養院。」

「星子，我……」

「你什麼都不用煩，我會去找地方，我去和大哥和姐姐說，他們一定可以瞭解的。」

「星子，妳聽我說，我不想搬走，我也想要有自己的地方住。我喜歡住在這裡，妳已經三十歲了，我的小女兒都已經三十歲了，我真的想過自己的生活，我在這裡很好，很快樂。妳明白了嗎？」

星子靠進椅背，她的眼光調向玻璃窗外的一叢叢金盞菊，輕輕的點點頭。

「別掛念著我。妳還這麼年輕，去，去找找朋友！」父親拍拍她的手背。

我沒有朋友。你知道的，我和所有的朋友決裂了，因為我的任性，因為我的執迷不悟。我似乎曾經有過好朋友，她們都勸我不要再去糾纏你。多麼奇怪的用詞，糾纏，是我在糾纏你嗎？你對我毫無念惜，一切都只是我的胡思亂想？都是我的自作多情？我不相信是這樣的，可是除了你，沒有人知道事實的真相。

「星子，妳叫做星子？好可愛的名字。」第一次，正宇看見星子的時候，就這樣對她說。

「只是名字可愛？人不可愛嗎？」星子常常聽見讚美，可是，她覺得正宇的還不夠，她對他有貪求。

「學長，我跟你說，星子是我們班的班花，也是一朵超級自戀花！」社團裡的同學清香說。

「漂亮的人，通常都是自戀的，是不是？」正宇看著她笑。

她將他說的話，解讀做另一種方式的讚美。

原本會參加「觀星社」只是覺得好玩，看見指導老師陸正宇之後，一切就不同了。其他的男孩子都看著她，她只看著陸正宇。「觀星社」忽然熱鬧起來了，明顯的陽盛陰衰。

「喂，正宇學長已經有女朋友囉，是我們大三的學姐秋眠，她人很好哦，妳別作怪。」清香不只一次警告過她。

「很抱歉，我只對他的星星感興趣，我忙著驅逐身邊的蒼蠅都來不及了呢。」她每次都這樣說。

可是，這不是事實。她一直在試，試著讓自己引起正宇的注意。那一次，社團到桃園的山上觀星，天黑以後，天上綴滿星星，她和其他的社員一起從木屋走向營地。好幾個男生發現她只穿了一件薄薄的毛衣，在春寒中微微抖瑟，他們爭先恐後要把外套脫給她，她一律謝絕。

「我才不穿臭男生的衣服。」她的嫵媚神態與嬌嗔，讓他們被拒絕了，心裡還是甜滋滋的。

到營地的時候，她看見正和社長說話的正宇，他其實從來不是她理想中的男人的形象，他不夠挺拔，不夠俊朗，可是，他的身上恰恰有一種篤定的安適自在。她站在離他不近也不遠的地方，她不想刻意接近他，可也不想他真的看不見她。她不和別人說話，眼睛看著別的方向，渾身神經卻緊緊繃著，專注的感覺著他的位置和移動，他似乎向她緩緩走過來了。她的身體與心靈，像一根琴弦，下一刻就要扯斷了。他終於走過來，脫下自己的厚外套，搭在她身上，又走開了。一件外套的掩覆，使她鬆弛下來，琴弦被放開，發出「嗡……」和諧溫柔的共鳴。

圍成一個圓圈坐在地上，聽正宇說星星的故事的時候，她一直微微偏著頭，下巴抵在外套領子上，彷彿嗅聞到乾草被陽光曬香的氣味。這是他的氣味。

她的快樂到了極致，回到學校裡，她還是沉浸在一種醺然的情緒中，一個人莫名其妙的微笑起來。她想送他一個禮物，送什麼呢？巧克力？太尋常了。圍巾呢？要到冬天才能用。鋼筆？太老套了。她還沒確定該送什麼禮物給他，就看見他送秋眠來學校，臨別時親吻秋眠的面頰。她的感覺像被斧頭狠狠砸了一下，不能令她死，卻令她痛苦到瀕死的地步。她管不住爆發開來的情緒，她拿身邊的男孩子出氣，她以不上課不去社團來賭氣，她沒法吃飯睡覺，迅速的消瘦了。在課堂上因為遲到和老師發生衝突，所有人都找不到她。最後，找到她家去的是陸正宇。

「我不想上學了。」她的臉色很陰沉：「我想去日本。」

「去唸書嗎？」

「我都說不想上學了，唸什麼書？」

「那麼，去日本做什麼呢？」正宇好脾氣的問。

「找個懂得看星星的人，把自己嫁掉算了。」

「懂得看星星的人，不見得懂得妳。」

星子覺得他是懂得的，懂得她的情感，只是，他沒有勇氣，沒有勇氣接受她。

「我下禮拜就辦休學了。」她就是要激他。

「不唸書真的不會比較快樂，像我這個社會人，最懷念的就是大學生活。」

「我下個月就要去日本。」她愈說愈有一股壯烈的情緒。

「那麼，我就看不見妳了。」

他的回答，確實令她有些訝異。

「反正也不重要。」她悶悶的。

「在妳眼裡，好像什麼都不重要。我只希望妳可以好好過生活，而且，我覺得這件事很重要。」他站起來要走了。

星子忽然叫住他，她問，如果自己再回學校去，可不可以每天打電話給他？

正宇微微側頭，彷彿有一絲笑意，他說：

「等妳回來了再說吧。」

她在他說大熊與小熊星座的那一次回到學校，他對她說：「嗨，妳果然來了。」

「給我電話。」她似笑非笑的，將手伸到他面前。

他從口袋裡掏出一張小卡片，放在她掌心，上面寫著電話號碼，他隨身攜帶著，不就是等待著她回來的嗎？她再不說一句話，轉身就走了，覺得自己分明勝了一籌。

她後來每晚都打電話給他。

「喂，是我。」她總是這樣開口。

「是啊，我知道。」他總是這樣說。

她占著電話線胡扯，從哪個教授很豬頭，到哪個男生像蒼蠅趕不走。有時候，星星都出來的夜晚，正宇會在電話裡教她看星星。透過雙筒望遠鏡，她看見巨蟹座和著名的梅西爾44星團，這個散開星團微微閃耀著。

「哇！到底有多少顆星星啊？」她讚歎的。

「妳自己數數看。」
「我懶得數，我要你告訴我，你告訴我的，我永遠都不會忘記。」
「好吧，那裡有大約一百顆星星的集合，可是，隔著許多許多光年的距離，我們看到的已經不是此刻的星光了。」
「那也就是說，這些星星可能已經死了，我們卻還看見它們的光亮？」她被這樣的想法震動了。
後來，她許久不曾看星星了，有時走在璀璨的星空下，便覺得一種細細的，不明所以的痛楚。
「星子阿姨，媽媽說妳會看星星？」
那天，甥兒樂樂敲開她的房門，雙手插在褲袋中，他現在和星子混熟了，無聊的時候總來敲門。他們一起走到陽臺上，城市裡的光害加上空氣污染，天上的星星看起來並不清楚。
「我們老師說，我們看見的星星的光亮，都是好幾萬光年以前的了，說不定這些星星都已經沒有了，是不是真的啊？」
她順著欄杆往下滑，蹲在地上，長裙掩埋住雙腳，好像什麼地方正在劇痛似的抽搐起來。樂樂向後退，退到門邊，大聲喊著：「媽媽，媽媽——」

星星死了，卻還亮著。
我已死了，卻仍愛你。

她其實已經醒了，只是不願意睜眼。姑母的聲音壓得低低的，好像在安慰著什麼人：「這不算嚴重的，她回到這裡來，一定要適應的，我們要幫她。你們先崩潰了她更受不了了。」

她還聽見一些窸窸窣窣的聲音，小孩子在講話，好像是樂樂和哥哥的孩子。她不是神經病啦，只是以前受到刺激，有時候會昏倒——這是她做的啊？好像真的哦——假的啦，看起來像真的而已，又不能吃——可是很好看啊，我覺得很了不起，等我長大，我也要學這個……

她很想睡去，也許永遠不要醒來。

春天的星星。春天的流星。看星星的正字和星子。

她記得那一次，她忽然在電話裡問他：「你們怎麼會談戀愛的啊？」

「記不清了，好幾年了。」他在敷衍她。

「有沒有人說過你們並不合適？她其實配不上你。」她挑釁的。

他停了片刻，然後，用疲倦的聲音說：「我想休息了。」

她匆匆掛掉電話，從那以後，他講電話都是疲倦的聲音。每一次她懷著興奮的心情打電話去，卻在他那一聲「喂」中，落進谷底，她怎麼也喚不回往昔的他了，他願意她進入他的世界，卻不願她涉入他的感情。她觸犯了禁忌。

「你幹嘛這樣有氣無力的？不想和我講電話就不要講了嘛！」她忍不下這口氣。

「是妳打來的。」正宇清清楚楚的說。

她像被眼鏡蛇襲擊一樣，摔下電話聽筒。她被激怒了，徹底被擊潰，決定要還以顏色。她開始像幽魂似的，出現在正宇和秋眠面前，也不說話，就只是盯著他們看。她的異常璀璨的大眼睛，使人不能忽略。清香苦苦勸她也沒用，於是，聯合其他的人抵制她：「秋眠學姐這麼好的人，妳為什麼一定要橫刀奪愛？」她覺得大家的同仇敵愾，其實是因為她的條件比秋眠好，任何人都看得出來，秋眠不是她的對手。

秋眠真的不是對手，正宇在她家門外等她，請她歇手。他的眼睛被痛苦焚燒，有灰燼，也有烈燄。她想辨認自己是灰還是火？

「我也沒做什麼，你叫我歇手，是什麼意思？」

「星子。」他握住她的雙臂，把她推向牆壁：「妳不要為難自己，也不要為難我，好不好？」

她就知道，她不是灰，他對她不是沒有感覺的。否則，他有什麼好為難的？他們有了一個新的協議，他答應陪她上山去看流星雨，條件是：「不准告訴秋眠，不准告訴任何人，這是我們倆的祕密。」

她懷著極大的快樂等待約定的那個週末，在學校裡，她對所有人甜甜的微笑，她再不在意秋眠，即使秋眠和正宇牽著手出現，即使他們親吻。有一個祕密，關於她和正宇的，秋眠一點也不知道。

週末那天，正宇說好要借越野車來載她，出發時間是早上十點，可是，不到八點鐘，她就在晨光中，在自己的雪白床單上醒來，看見散在枕上的絲緞般的長髮，嗅聞到一種健康的，陽光的味道。她一吋一吋移動手指，像在舞蹈，有節奏的喜悅著。他會來接她，他們會一起進入山裡面，只有她和他；她所渴望的宇宙的狀態，只有她和他。她覺得自己是愛著也被愛著的，如此幸福。雖然，或許是短暫的，或許只是她自己的想像，可是，總比從來不曾有過要好。她將臉埋在軟蓬蓬的枕上，輕聲笑起來。

城市裡吹起一陣春天的風，這風來自芬芳的山谷。

彷彿，你從不曾離開。彷彿，我們仍然相愛。

雖然，他們都說，你從來沒有愛過我。

他們抵達半山腰時，再沒有路，只能爬山了，星子的腿僵硬發疼，她坐在地上不肯移動。正宇彎身為她按摩：

「要不要打道回府啊？不要後悔哦。」

「我要看、流、星。」她咬著牙，不肯屈服。

他們一人背一個睡袋，在下午進了山道。黃昏時，她吵著肚子餓，正宇生火煮泡麵給她吃，還加一個荷包蛋，她湊在一旁看：「變魔術啊？還有雞蛋？你的包包裡還有什麼寶貝？」

一邊說著一邊翻他的背包，他笑著說：「妳找到的都是妳的了。」

她停下手：「我想要的不在包包裡。」

「吃麵囉，香噴噴的熱湯麵！」

他遞上煮好的麵給她，她接過來，想著，這是他最後一次逃避。

吃完麵，他們一人一支手電筒，繼續爬山，他來過這座山，告訴她，這裡有一個很棒的觀星山谷，只是，他好像迷路了，開始有些焦慮。他悶著頭往前走，不再說話。星子跑兩步追趕上他：

「我們不要走了，休息一下，好不好？」

「妳要看流星啊。」他拂開她的手。

星子扯住他的背包帶子，狠狠的，用了最大的氣力：

「看到了又怎麼樣？看到以後，你就不用理我了，是不是？你連面前的星星都看不到，還想看什麼星星？」

正宇的手電筒的光線移回來，爬上星子的身體，又頹然的垂下來。光束停留在星子腳前，她看著這龐然無邊的黑暗中，唯一亮著的一團光芒，下定了決心：

「我愛你。你知道的，我也不想的，可是，我已經愛上你了。」

「我有秋眠，妳也知道的。」正宇的聲音聽起來好像夢一樣，是不是在作夢呢？如果在夢中，有什麼話不能說？什麼事不能做？

「我不在乎，我可以接受她，只要你愛我，我什麼都不在乎！」她歇斯底里的。

她的話驚嚇到正宇了，他撥開她往前疾行，他又要逃避了，像以前每一次一樣。這一次不行。她追過去，自己也不明白意欲何為，可是，忽然聽見正宇的驚呼聲，世界裂出一個口子，吞噬了他，他墜落下去了。只剩下她一個人，在闃黑的世界裡。

他落下去的時候，她到底有沒有觸到他？她到底有沒有試圖拉住他？她究竟可不可能挽救他？

後來，在醫院裡，清香和其他的同學去看她的時候，她非常不安。不是說好了只是他們倆的祕密嗎？現在，全世界的人都知道了。

清香他們來看她，為的是譴責她：

「他又不愛妳，妳為什麼不放過他們？他們已經要訂婚了，妳就這麼狠心！是不是因為妳得不到就要毀掉一切？」

她崩潰了，反反覆覆的說，是我害死他的，有時候又問人，你們找到他沒有？他一定是躲起來一個人看星星了。家裡替她辦了休學，姐姐送她去日本休養。

剛出事的時候，她一閉上眼睛就感覺到正宇倚在她懷裡，他傷得很厲害，鮮血凝固在她身上。他很費力的想和她說話，她湊近他的唇，勉強辨認出，他告訴她的是：「就是這個山谷。」他們一直在尋找的，就是這裡。

她沒有哭，雖然那麼恐懼與懊悔。是的，她深深懊悔了，她愛他，卻從沒想過傷害他，如果他可以好起來，她願意一輩子不見他，甚至不愛他，只要他能好起來。她怎麼能用愛把他傷成這樣呢？

「我……我愛她……對……對不起。」

她沒有告訴秋眠，正宇最後的遺言。她沒機會說，她因為骨折和肺炎進了醫院，又因為精神崩潰，遠赴日本。

到了日本之後，她漸漸不再想起正宇，也不去想那場變故。後來，她在姑母的安排下，從東京去京都學矽膠模型製作。乘坐新幹線列車從黃昏到黑夜，忽然，天空開始飄雪，她生平第一次看見下雪，驚喜交集中，轉頭四顧，想要找一個人可以分享這種心情。旅客或睡或閱讀，他們早習慣了雪。她孤獨的靠回椅背，真的是一個人，在異鄉了。她猛然想起告訴正宇自己要去日本的時候，正宇說，如果她去日本，就看不見她了。那時候就該走的，那麼，正宇到現在還是好好的。他不該說那句話，她不該為了那句話留下來。她絕望的環抱自己，哀悽的痛哭起來，一切都回不去了，一切都來不及了。

看見秋眠的時候，她已經替姑母把臺灣的工廠撐持起來了。

那天，駕車去機場送父親和吳阿姨到歐洲旅行，揮別了他們，她穿越機場大堂，忽然看見秋眠，被攝影機和記者包圍住。星子知道她現在是很有名的版畫家了，好幾次參加國際版畫展都有很好的成績。曾經，她以為自己將來一定強過秋眠的，如今，她只是日復一日製作著食物的模型，看起來好像真的，卻不是真的。秋眠挽著身邊的中年男人，正對著記者說：

「我最感謝的人，當然是我的丈夫，如果沒有遇見他，沒有他的支持，我的命運將會改寫。我真的感謝冥冥之中的安排。」

星子聽見這段話，她朝外面走，拉緊自己的外套。秋眠說她感謝，冥冥之中的安排，那麼這安排是否包括了那場變故呢？

她忽然覺得某一部分被釋放了，長久以來的，沉重的痛苦和疾病。

回到家裡去，她瀏覽著櫃子裡食物的樣品，抹茶紅豆冰、明太子壽司、櫻花豆大福……它們都是假的，但，當它們被置放在餐廳展示櫃裡的時候，卻會引起人們的想望與讚賞，令人獲得安慰，那麼，它們或許比真的更有價值。就像正宇之於她的情感，縱使彷彿依稀，卻也是恆久的存在。

她把抽屜裡的筆記本拿出來，端端正正的寫下：

也許，你那天想說的是，秋眠，對不起。

星子，我愛妳。

這回憶，終於只剩下我和你了。

既然，上天沒讓你好起來，那就表示，我將一輩子愛你，思念你。

這是我們倆的祕密。

山谷那一夜，她翻下去找正宇，摔破了頭，先撿到他的背包，然後是手電筒，然後是正宇。他們偎在一起，直到星子的手電筒也暗下去。周圍彷彿有些藤蔓，潮濕寒冷的空氣在流動，什麼也看不見，只能聽見自己的喘息，不知道是她的或是正宇的微弱呻吟，她感覺到正宇漸漸僵硬的身體，在她的懷抱中，他的生命一點一點的流逝了。

忽然，天上有一道銀白色的強光，斜斜的墜下去，接著，又一道，再一道，她渾身緊繃，輕輕搖動著正宇：

「嘿，你看，流星，有流星耶……」

正宇一動也不動。天堂有什麼慶典啊，燃放著這樣繽紛的煙火。

「我看到，我看到流星了……」

她哽咽的，望著天空的璀璨星雨，想看得更清楚一些，這是她得到最貴重的禮物了。可是，她什麼也看不見，那時候，除了流淚，她的眼睛已經盲了。

自己的房間

陶簡給她生活上的照顧，節制的情感，
思沁常覺得他是一道冬日裡的陽光，靜靜照進窗來，
和煦卻不夠溫暖，一會兒或許又會隱去了。

擱下電話思沁呆了呆，木然的坐著，看窗外飛舞的雪花。她不相信自己真的要一個人過除夕了，電話裡母親帶笑的聲音如此愉悅：「沁沁哇！都是二、三十歲的人了，不能老長不大。怎麼？不會沒地方去吧？」

「當然不會啦，我其實已經跟朋友約好了。」她努力的說著。

這是她簽字離婚後的第二個農曆新年。上一次的除夕，陶簡陪著她去姐姐思泠家過年，還包了紅包給外甥女寶兒。雖然他們那時已經協議離婚了，卻瞞著所有人。

「不管怎麼樣，我不可以讓妳一個人過年。」陶簡說得很懇切。

「其實，他也算是有情有義的，只是不是對我。」思沁跟姐姐這麼說。

「我沒見過像妳這樣窩囊的，妳把女人的臉都丟盡了。」

姐姐曾一力主張控告那個愛情騙子，甚至連律師都替她找好了。她不想吵鬧或者打官司，每個人都有自己想要的東西，起碼，陶簡知道自己要什麼。他付出過代價，他應該有所得啊。她怠懶的謝絕了律師的建議，惹惱了義憤填膺的姐姐。

「從此以後，妳的事都不要告訴我了。我不想知道！」聽說她連一毛錢贍養費都沒拿，思泠也心灰意冷了。

所以，今年她不能涎著臉去姐姐家過年了，母親是她最後的希望，現在希望也破滅了。

其實，她一直很怕孤獨的感覺。小時候父母的感情不好，常常不在家，姐姐喜歡往外跑，她便一個人坐在窗邊疊紙鶴，疊星星、疊房子，她記得自己疊過一幢很漂亮的房子，有許多間臥室，有兩個客廳，還有遊戲間，可是，她不知道這麼多房間給誰住？她不想讓爸爸媽媽住進來，因為他們成天吵。從那時候她開始感覺到自己的孤單，即使有大房子，還是孤單的。

後來父母離婚了，她和姐姐住在一起，第一次有了歸屬感，她和姐姐相依為命，而且不吵架。

母親去了美國，不久就再婚定居了，她並沒有太大的感受，只要她和姐姐的世界安然無恙就好。有一天姐姐對她說：

「我們環島旅行去吧，我一直好想什麼事也不做，狠狠的玩一個月！」

「不行的。」她立即想到作業和考試：「我好多事要做呢。」

「做什麼啊，傻瓜，我們要移民到美國去了。」

直到那時候思沁才知道母親幫她們姐妹辦好了身分，她正在唸設計科，是生命裡最快樂的時刻。她喜歡色彩，喜歡繪圖，喜歡老師和同學，她一點也不想去美國。

但，姐姐必須立即去美國，否則就要超過年齡限制了。

「妳一個人留在臺灣，行嗎？妳知道，爸那裡是沒得靠的。」

這是一個結結實實的憂慮困擾，比父母離婚還麻煩。她恐懼自己一個人留在臺灣，她不想孤孤單單的一個人，於是，和姐姐一起到美國來。

母親有自己的家庭，沒有接納她們共住的意思，所幸思泠是獨立的，帶著思沁租屋住，兩姐妹半工半讀，日子也都能過。思沁來到美國一直有種不踏實的感覺，她們租了一個日本家庭的地下室，整幢房子都浸著味噌的氣味，味噌烤魚、味噌湯、味噌拉麵，每天這家人吃什麼，她都很清楚。出門去全是洋人，超級市場充滿著起司和披薩的氣味。她後悔來美國了，可是，後悔也回不去了。

思泠一畢業就嫁了個猶太人，生寶兒的時候才二十一歲。

「終於可以有自己的家了。」思泠嘆息的說。

思沁這才知道，姐姐也不喜歡孤單的過生活，也一直渴望一個家。然而，她又剩下自己一個人了。她勉強唸完了College，在中文書店找到一份工作，穿越中國城去上班。每天她走過市集，嗅到乾蝦米的氣味、豆瓣醬的氣味、梅乾菜的氣味。看見堆疊起來的翠綠雪裡紅上，插著紅辣椒；鹹魚與金華火腿吊成一排一排，冬天下過雪之後，成批的海鮮也不進冰櫃，就這麼擱在行人道上，自然結凍了。思沁從這裡穿過，有一種回到故鄉的親切感。

書店老闆是個香港人，普通話講得一直不靈光，大陸和臺灣的顧客都交給思沁應付。思沁負責訂書進貨，逢年過節的時候，布置環境應應景。她和老闆沒太多話說，但，他們有共同的嗜好，都愛鄧麗君，永遠聽不厭。

每天早晨九點多，她隨著老闆進店，先放一片鄧麗君CD，才開始工作。漸漸的鄧麗君變成她生命中很重要的人了，類似一種恆久的陪伴。天天穿越中國城，天天聽鄧麗君，她用國語也用廣東話與顧客交談。就這樣過了三年，並且以為會這樣過一輩子。

有一年聖誕節，一位來中國城吃飯的美國太太緹菈，走進書店，詢問那塊小小的玻璃櫥窗是誰設計的？

每一年思沁都會裝潢櫥窗，她從其中得到很大的快樂，常有些孩子圍著櫥窗看著驚歎著，也有一些人因此走進書店裡買書。當她做著這些事的時候，才能感覺到自己的獨特與價值，她才知道自己是有創造力的。

這次的櫥窗裡有一棵用小開本的書裝飾成的聖誕樹，用文具搭建起來的小屋，覆蓋著冰雪。

「思沁哇！」老闆和緹菈太太說完話，高聲呼喚。

思沁從一堆風漬書後面抬起頭，飄浮的灰塵使她打了一個噴嚏，她茫然注視著這個衣著華麗的婦人。

「這是妳做的？」緹菈太太睜大眼睛看著她。

「是的。」思沁惴惴不安的。

「我不能相信，妳只是個小女孩……」緹菈太太拖著長長的駝毛黑大衣，走到思沁面前，微笑著邀請她擔任緹菈裝飾禮品連鎖店的設計師。

思沁不知道這間連鎖店的名號，她只是被緹菈太太的氣勢與雍容所震懾。

「也許妳願意試試看？」緹菈太太伸出手。

按捺住顫抖，思沁握住緹菈的手。她忽然聽見鄧麗君蜜釀的歌聲唱著：甜蜜蜜，你笑得甜蜜蜜，好像花兒開在春風裡，開在春風裡……那是她二十三歲生命中第一次的奇蹟，發生在聖誕。

她為緹菈設計聖誕節飾品，用餅乾、糖果、水果，甚至杯盤，反應相當好。其他的時間，她仍去書店打工，與顧客聊天，仍是那種灰撲撲的裝扮，只有當老闆向顧客誇耀她的藝術天份時，她才會突然亮一亮，然後，便低著頭去換一張鄧麗君的CD，彷彿這才是最真實的。

沒多久她遇見了陶簡，陶簡來店裡看書，也來看她。他頎長的略顯單薄的身影，確實引起思沁的注意，最初是因為老闆與他語言不通，忽然發了急。思沁連忙打圓場：

「不好意思，廣東人嗓門大了點，別在意啊。」

陶簡看著她微笑起來，他說：

「第一次聽見妳的聲音。」

她這才知道他來過好幾次了。

「妳從哪兒來的？」他又問，用滑溜的京片子。

「臺灣。」她說。

「怪不得。」
「怪不得什麼？」
他笑著不作答。他後來來得更勤了，連老闆都取笑：
「別人都來打書釘，他倒來打人釘了！」
他靜靜的來，在角落裡看書，抬起頭看她。當她也看見他的時候，他就對她點頭微笑。他的笑意裡有著靦腆，這部份讓她有了好感。但，他們倆都是按兵不動的人。
有一天下班後，思沁看見他在對街等她，她越過街，他說：
「我一直沒問妳，妳叫什麼名字？」
思沁說了，也問他。
「我叫陶簡，簡單的簡，只希望簡簡單單的過生活，就行了。」
陶簡陪著思沁去搭地鐵，他們聊了自己是怎麼到美國來的，對這裡的環境的看法等等。她上車的時候，他把雙手插進大衣口袋裡，說：
「真的很高興認識妳。」
這句話代表的是開始還是結束呢？思沁原本以為是開始，可是，接連好幾天都見不到他，思沁才明白，也許其實是結束了。

有段時間他沒出現，思沁發現自己竟有揮之不去的抑鬱。她聽著鄧麗君低迴含情的聲調。遍遍唱著：不知道為了什麼，憂愁它圍繞著我，我每天都在祈禱，快趕走愛的寂寞……她在歌聲裡怔忡，感覺著自己細細碎碎的澀楚。

緹菈向她提過好幾次，教她辭了書店的工作，專心在禮品設計上。思沁總是回答：「我會考慮，我會想想……」

她擔心如果離開書店，陶簡回來就找不著她了。

聖誕之前陶簡回來了，他直接找到禮品店去，看見被顧客圍繞的設計師思沁，她的長髮盤在頭頂，穿著一件湖綠的毛衣，渾身泛著瑩碧的光。

她發現陶簡的時候，他正準備離開，或許是從沒見過的光華，窘迫了他。思沁大聲喚他，他回過頭，向她走過來。他告訴她自己回家鄉去了，因為家裡發生了一些事，但，他離開美國才發現，原來，心已經被牢牢牽絆了。

「我真的想念妳了。思沁。」陶簡說。這是思沁的第二個聖誕奇蹟。

他們開始交往，思沁很喜歡有個人可以作伴，不再寂寞孤獨。雖然很多時候，他們並沒有太多話說，但，陶簡握住她的手，總是那樣緊緊的，令她莫名感動。

五月的一天下午，她忽然聽見鄧麗君哮喘驟逝的消息，心裡慌得厲害，把音響扭得更大聲，彷彿這樣便能留住什麼似的。整個中國城都亂了，華語廣播電視振振的響著，大家都在嘆息，都在求證。

陶簡得到消息趕來書店找思沁，思沁一見他就哭得痛澈心肺，像是死了至親的人。

陶簡送她回公寓，炒飯給她吃，還燉了牛肉湯。看她低頭專心的啜飲熱湯，他伸手拂開她額前的髮絲，說：「我們結婚吧，妳就不要再一個人了。」

思沁的湯杓停在唇邊，她的身子僵硬起來。是的，她一直渴望有一個自己的家，她一直想和一個男人相戀相依，可是，陶簡忽然說出這句話，還是令她心慌失措。

陶簡看著她的臉色，有些訕訕的：

「對不起，我這個人太冒失了，妳別理我，把湯喝了吧。」

「我只是，只是想知道，我們會不會有自己的房子？」思沁低聲問。

自從搬出日本人的地下室，她就住進一間apartment，在那間小巧的房子裡，她不能改換水槽，不能粉刷自己喜歡的顏色，甚至連一個釘子也不能釘，她不覺得那是自己的家。

「如果妳想要的話……」陶簡鬆了一口氣的微笑起來：

「當然可以。」

陶簡負責找房子，看見中意的，價錢也合適，便和思沁一道去看。到了六月下旬，他們在近郊找到一幢雙拼式公寓，是新蓋好的，綠油油的草皮上，一陣雨後便生出碩大的白菇，一叢叢矮矮的排列著。

「哇！」還沒進屋子，思沁便捏緊陶簡的手，興奮的讚歎。

「小姑娘，要鎮定，鎮定。」陶簡的聲音裡全是笑意。

兩個敞亮的房間，浴室還有天窗，前後都有陽臺，四方隔局的客廳、餐廳，思沁將每個窗戶都打開，讓陽光和微風進來，她緩緩靠在牆壁上，聽見陶簡和房屋仲介說：「我想，應該就是這裡了，我太太很喜歡……」

「有兩個房間耶。」思沁說：「另一個房間正好可以做……」

很傳統而制式而理所當然的想法，當然是做育嬰房。基於女性的矜持與羞澀，她不便說出來。陶簡接口說：

「正好可以做妳的工作室。」

說著，他低頭親吻她的眉間。她再度靠在牆上，這不是她預計的回答，但，那種被瞭解與尊重的幸福感覺氾漫全身。

他們結婚了。思沁應緹菈的約聘，做全職設計師，離開了中國城書店。

婚後的日子沒有太多改變，陶簡給她生活上的照顧，節制的情感，思沁常覺得他是一道冬日裡的光，靜靜照進窗來，和煦卻不夠溫暖，一會兒或許又會隱去了。

比較真切的感受到夫妻的相連相繫，是那一次陶簡胃出血住進醫院。他為了趕寫畢業論文，不舒服了好一陣子都不肯看醫生，思沁得到消息說他口吐鮮血，昏迷了送到醫院，嚇得連車都不會開了。當她趕到醫院，陶簡已經進了手術室，他的胃穿孔，必須立刻開刀。護士告訴她醫院缺O型血，思沁捲起袖子，告訴護士，她就是O型的血。

陶簡病好之後，變得更沉默了，他聽著思沁說起怎麼緊張的趕赴醫院，怎麼輸血給他，他握住思沁的手：

「我欠妳這麼多，怎麼還呢？」

「我們是夫妻嘛！」思沁覺得陶簡客氣得有些生份。

姐姐思泠忍不住問她，結婚一年多，為什麼一點消息都沒有？她才發現陶簡一直在謹慎的避孕，理由是還沒取得身分，缺乏安全感；再說，思沁還年輕，不要背負這麼重的負累。

「妳自己都還是個孩子呢。」陶簡捏捏她的下巴。

思沁覺得這是陶簡對她的愛寵，讓她有更多時間投入工作。

婚後一年半，陶簡取得身分回家鄉探親去了。

臨行前一夜，思沁作了一個奇怪的夢。

她夢見自己穿著白色的睡衣，赤著腳走過屋外的青草地，連草上的潮濕與磨刺感覺，都很清晰。她的心中焦慮，陶簡就要回來了，她煮了一鍋水，想做湯，卻什麼材料也沒有，於是，她想摘取那叢碩肥的白菇燉湯。她還記著陶簡說過「那些菇說不定有毒呢」，可是，她必須煮好湯，她不能讓陶簡覺得她連一鍋湯也煮不好。就算有毒，也得冒個險。她彎下身拔大白菇，一瞬間，看見自己的手指變黑了，變得麻痺僵硬。她驚恐的，掙扎著，忽然，看見陶簡的雙眼，不能援救，只是看著她。

她從夢中醒來，枕邊的陶簡雙眼畟畟盯著她看，一種審視的，透亮的眼神，他什麼時候醒來的？還是他一直沒有睡去？這不是含情的目光，這眼中的意識太清明，令她陌生害怕。她闔上眼睛告訴自己，這是在作夢，我還沒從夢中醒來。不知道過了多久，她睜眼看見陶簡舒眉安睡著，才鬆了一口氣。

陶簡每天都打電話報平安，思沁從沒打過電話找他。直到那夜，思沁夢見自己迷失在一幢很多房間的大房子裡，每間房裡都住著人，開著燈，放著音樂，吃著點心，看著電視，她找不到屬於自己的房間，她哭著醒來，忽然渴念陶簡，連臨行前一夜白菇惡夢的慰藉也渴想。

她打了電話去找陶簡。她的深夜，正是他的白日。

一個小男孩接的電話：「我是陶小東，妳找哪位？」中氣十足的聲音。

思沁說陶簡，我找陶簡聽電話。

「啊，妳找我爸爸！妳等會兒。」

在那片刻等待的靜寂中，思沁忽然很想掛上電話睡去，然後，就把一切當成夢，當成幻覺，她想，自己一定還沒從夢中甦醒過來。

陶簡低抑著聲音，在那頭喚她：「思沁。」

她不能抑制的顫抖起來，他把她喚醒了，喚得清明透徹，不容逃避。所有的一切都有了答案了。

陶簡很誠實的懺悔，說他迫切需要居留美國的身分。原來，他娶她只是為了居留權，他娶她只是為了拋棄她。他的身體裡還流著她的血液啊，他怎麼能說出這樣的話呢？一切都是陰謀。她可以忍受他不愛她，但，不能忍受他一開始就騙她。他把家鄉的老婆孩子的照片拿給她看，求她的成全。他就這麼看準了她，看準她不會反面無情，不會控告他重婚和詐欺。他把她捏得準準的，看得死死的。她僵持了一段日子，再撐不下去了。同意與他離婚。

「我成全你。」她說，以為自己會哭，卻流不出眼淚。

陶簡將臉深深埋在掌中，悲切的痛哭。

陶簡把他們共同買的房子簽給她，自己搬了出去。

「我沒辦法給妳贍養費。」他說。

「我不需要，我可以養活自己。」思沁說。她想，這就是為什麼失婚沒有將她擊垮的重要原因，她可以養活自己。

陶簡開始替家鄉的老婆孩子辦手續，到底曾是夫妻，有許多手續文件要辦，他們還是常常得見面，申請妻兒來美的手續不順利，陶簡也找她訴訴苦。差不多每一天，陶簡都會打電話給她，有時問她好不好？有時就只是閒聊。她知道他不放心她自己一個人過日子。她也發現自己似乎在等著他的電話，有時候加班，或者和同事吃飯，回來晚了，她進門不開燈，一邊脫鞋一邊在黑暗裡辨識電話機上留言的小紅燈，閃啊閃的，是他。她便安了心，緩緩的打開燈，將窗簾放下，為自己熱上一杯牛奶，按下留言鍵。

「思沁啊，妳還沒回來？我沒事兒。問問妳好不好？再說吧。晚安。」

沒有特別的話要說，就是知道電話線的這一端與那一端，兩個人都在，都好，便覺得世界依然如往昔，並沒有太大的變動。這樣的日子，持續了一年多。

陶簡的妻兒終於來了。他去機場接他們，那夜，她故意和同事混得很晚很晚，還喝了兩杯酒。打開門，她瞇起眼睛費力往電話機的位置看，一點光亮都沒有。沒有，陶簡沒有打電話來。他此刻正和他的妻兒在一起，他們一家三口終於團圓了，從此以後，他都不會再打電話來了。

她的心臟忽然緊緊揪在一起，張大嘴呼吸才不會窒息。她踢掉鞋子，奮力奔跑在屋裡，打開每一盞電燈，那強光刺激得她有些暈眩。

她站在客廳中間，看著這屋裡的每件擺設，這是屬於她的，這些統統屬於她，但是啊，她寧可不要！

她不要這房子！不要這些雅緻美麗的家具！不要自己一個人！

她蹲下去環抱住身子，痛澈心肺的號哭起來。

她哭童年時惶恐的自己；哭少女時飄流的自己；哭真心去愛卻一無所有的自己。她哭得太厲害，有段時間失了神志，只能聽見自己悠長的哭聲，好像很遙遠，很不真實。

天亮以後，她發現自己俯臥在地毯上，非常非常的疲憊。

陶簡的電話是在第三天才來的，她正請假在家裡，閒來沒事，縫一床百衲被，各種顏色大小的碎布頭，到了她手裡就變得異常絢爛美麗。

「我們一家想見見妳，不知道妳能不能原諒我們？」

陶簡是這麼說的，她不能拒絕，於是去赴了約。

小東是個可愛的男孩，陶簡的縮小版而更壯碩些，這孩子並不認生，雙眼定定盯著思沁看，像一隻樹林裡的麂子。

陶簡的妻子李樂臉上是不能鬆懈的線條，看上去比陶簡還大上好幾歲，新燙的頭髮已經變了型，她不停的用手去壓平，愈壓愈蓬鬆。陶簡站在一旁，是全然的手足失措的，還特意與妻兒保持著一段距離。

李樂伸手拉住小東往下按：

「這是你的恩人姑姑，給姑姑磕頭。」

原來是姑姑嗎？一路上思沁就在猜想，他們會怎麼向孩子介紹她？原來是姑姑。彷彿也沒有更適切的了。

小東乖乖跪下了，思沁一把拉起來：

「別這麼。」她壓低聲音：「我可坐不下去了。」

小東起了身，被母親攬在懷裡，仍口口聲聲姑姑是咱們一家的大恩人，小東長大了肯定要孝敬姑姑。

思沁將那床趕工完成的百衲被送給他們，還有一盒巧克力糖。

「這是美國的巧克力呢，瞧！全是英文，一個字也不認識。」小東歡快的嚷起來。

「真是巧手。陶簡就說呢，妳是個藝術家，真是。」李樂讚歎的撫著被面。

「我現在就能吃嗎？」小東問。

「問你姑姑。」李樂笑得瞇起眼。

「我替你拆吧。」思沁接過那盒糖。

「好哇！」小東立刻膩過來，他的身子暖暖的捱著思沁，有一個短短的瞬息間，思沁覺得酸楚悽惶，想把他推開，又想緊擁在懷。所幸，只有一瞬間。

「姑姑，妳住在哪兒？怎麼不和我們一起住啊？我可以去妳家玩嗎？」小東的問題很多，弄得李樂又窘又急。

思沁知道自己的表現很好，小東很喜歡她，李樂也放下一塊大石頭，可是，陶簡非常沉默，一點歡愉的神情也沒有，他用從來不曾有過的深邃眼光看思沁。思沁知道，她將不可避免的成為這個男人痛切的愧疚了。

他們住在車程半小時的另一個城鎮，陶簡和小東常送好吃的東西來給她，都是李樂做的，小東總纏著思沁不肯走，說她是魔術姑姑，什麼都會做。陶簡則自顧的檢查她的廚房衛浴，漏水的替她修，脫漆的替她補。她看著喝熱可可的小東，蹲在地上修火爐的陶簡，覺得這才像一個家，卻不屬於她，而是另一個不出現的女人的。

緹菈半開玩笑半認真的說：

「妳如果還要他，他肯定束手就擒。」

思沁感覺得出，她現在比從前更能牽動陶簡的心緒，但，她不想再走回頭路了。她不想玩遊戲，不想在這件事上爭勝負。

或許是這個原因，所以，當那位商業攝影師Vincent出現在公司裡，他對思沁的格外殷勤，思沁也都微笑領受了。

Vincent是緹菈太太找來，為禮品拍攝目錄與廣告的，這個義裔美國男人的長腿裹在牛仔褲裡，自己倒像是個廣告模特兒。他為了感謝思沁的協助，堅持邀請思沁晚餐，地點選在「閃亮山谷」的藝術餐廳。

「閃亮山谷」，思沁停住呼吸，她從雜誌上看見過這個地方，冬日裡是個滑雪場，夏日裡可以看見滿天星星，許多藝術家聚居此地，許多精緻迷人的小店與餐廳在此經營。她還記得結婚前曾問過陶簡：「結婚以後，我們去『閃亮山谷』度假，好不好？」

「好啊，妳想去，我們就去吧。」陶簡是這麼回答的，不是熱心，也不是冷淡。

後來他們哪兒都沒去，因為陶簡必須寄一筆錢回去家鄉。她那時候想，沒關係以後總是會去的。

終於，她到了「閃亮山谷」，那是黃昏時分，高大的樹林排比著，空氣裡都是甘馨的味道，涼風逸出森林吹來，皮膚上彷彿有一層薄薄的霜。他們的跑車緩緩前行，Vincent將速度放慢，進了山谷。

Vincent向書店、花店、超級商店的人們招手，向路上散步的老夫婦打招呼，大家都親熱的喚著Vincent、Vincent，也有人注意到思沁，稱讚她像個瓷娃娃，或是中國娃娃。她今天確實特別打扮了一番，穿著特價買來的黑色半長小禮服，將窈窕的身段包裹得更見玲瓏，裸露的肩部線條優美，胸前的細水鑽燦燦閃閃，有著眩目的效果。連Vincent去她家裡接她的時候也吃了一驚，他故作疑惑狀，摸摸自己的下巴：「這位小姐，妳確實完美極了，可是，我是和思沁約會，可不可以麻煩請她出來？」

他們坐在一家名為「諾亞方舟」的餐廳裡，這建築仿照諾亞方舟建造的，巍巍地形像一方升起的高地。老闆顯然與Vincent相識，在陽臺留了一個背風的桌檯給他們。在Vincent的推薦下，思沁第一次吃到這樣多義大利美食，她後來不得不狠下心拒絕甜點。

「妳喜歡嗎？」Vincent問。

她沒喝酒，臉上卻有一種微醺，點點頭。

「有人說義大利菜與中國菜很類似，所以，我說，我們倆一定很合得來。」

「啊！」思沁輕嘆：「你的身後，全是星星！」

「妳也一樣啊。」Vincent笑起來，不在意思沁的顧左右而言他。

為了滿天的星星，思沁留在了「閃亮山谷」，Vincent把車子開得入林更深，取出毛毯，他們倆坐在岩層上觀星。四周安靜得好像都不存在了，可以聽見彼此均勻的呼吸聲。

「從少年時我就常來這裡了。」Vincent說。

「因為這裡太美？」

「不，因為這裡太孤寂。我想知道徹底的孤獨和寂寞，是怎樣的感覺，所以就來到這裡。」

「我以為你是個很快樂的人。」

「快樂？是啊，我總是努力的快樂著。」

思沁想到了自己，無所謂的快樂與不快樂。她沉默下來。

「我曾經很快樂，小的時候。後來，我的父母離婚了，他們各自結婚……妳知道這種事是常見的，但，當時，我真的覺得被世界遺棄了。」

沉默的思沁在毛毯裡縮了縮身子。

「妳被遺棄過嗎？為什麼看起來這麼孤寂？」

原來，這是看得出來的。雖然經過了這麼久，雖然她以為自己根本都不在乎了，竟然，還是看得出來。

她向Vincent說了自己的故事，從童年到成年到結婚，也說了離婚的事。說著的時候才發現，這些事，從來不曾向人敘述過，連陶簡也沒有，她竟一直活得如此孤絕封閉。

「我想，這或許是命運吧。以前，我被父母遺棄，後來，我被婚姻遺棄。」思沁做出這樣的結論。

「妳知道，我也離婚了。」Vincent溫和的看著思沁，眼中有瞭解：「我很年輕就結婚了，因為渴望家庭吧。可是，全被我搞砸了。我太擔心自己扮演不好丈夫的角色變得很緊張，我的前妻受不了這樣的壓力，噗！結束了。」

思沁看著Vincent，有些怔忡。他的問題，會不會也是她的問題呢？如果陶簡不是別有用心，他們能不能長相廝守？

她忽然想到那夜採白菇的惡夢，她奮力去摘取的，究竟是什麼呢？她一直想要有人陪，於是走進了婚姻，其實，她甚至沒有想過，是否真的愛陶簡？她一直想要有自己的房子，可是，當陶簡離開以後，她連自己都失去了。

天亮之前，她倚著Vincent睡去了，Vincent低低的唱著一首歌。她覺得自己成了剛到美國來的少女，Vincent就是那個孤寂的少年吧，他們相互作伴，醒來之後，就要展開各自的人生旅程。

Vincent將毛片送到設計公司來，和緹菈談完之後，走到思沁身邊：「我以後還能見到妳吧？」他說的時候，眼中飽含情感。

「當然。」她伸開雙臂擁抱他，這舉動令同事們亢奮，鼓譟聲四起。他們認識的思沁，一向不坦露過多的情感。但，沒有人知道，「閃亮山谷」那夜對思沁的意義，恐怕連Vincent也不明瞭。

Vincent的車從停車場開出來的時候，緹菈輕悄走到思沁身邊，她們一同目送這男人飛快駛離。緹菈似有意若無意的說：

「瞧他的跑車！這男人絕沒有安定下來的意思。」

思沁聽得出緹莅警示的意味，自從她離婚以後，緹菈對她更多一份關心。可是這一次，全不是這麼一回事，她知道自己不會再為了想要有個伴，輕易做決定的。

十一月的天空，飄下第一片雪花。下雪之前，總是特別安靜，思沁放下手邊的工作，走出門外，然後，像約定好了似的，細細的，六角形的透明結晶體，就這麼飛墜而下，涼涼的落在她的鼻尖。

那天，陶簡的電話來了：

「小東找過妳嗎？」他聲音裡的驚惶不安，是她從未聽見過的。

她說沒有。陶簡告訴她，這陣子和小東有了一些矛盾，小東吵著要回家鄉去。他們夫妻罵了小東一頓，前一天他出門上課，就再沒有回來了。

「都是，都是我不好，也沒弄清這孩子的想法，只想著怎麼樣對他好些，可他根本不要這些……」

時代真的不同了，過去要是這樣，做父母的只會怪兒女不懂得父母的苦心；這個做父親的卻怨怪自己不能體會兒子的想法。好像這個世界上，他最對不起的就是他的兒子。

陶簡很快就感覺到自己說得太多，於是，草草掛上電話。

第二天，她在公司門口，看見廊下瑟縮的小東。孩子明顯瘦了些，看起來相當疲累，他窩在有陽光的地方取暖。思沁走過去，小東一看見她便跳起來，捉她的手臂，喊著：「姑姑！帶我回家去。我要回大陸去。」

「你跑哪去了？你爸媽快急瘋了。」

「姑姑！我要回去——」小東幾乎要哭起來。

「走。我們吃早餐去。」思沁牽住小東厚厚的手掌，領著他上車。

他們進了一家鬆餅屋，思沁點了巧克力口味的給小東，她自己點了一杯草莓奶昔。小東很快就把鬆餅吃光了，一丁點巧克力與奶油都沒放過，眼睛還瞅著思沁的奶昔。思沁替他又點了一杯，他用力吸了一口，心滿意足的嘆了口氣。

「為什麼和爸媽鬧脾氣？」

「他們常常吵，我覺得煩透了，以前不是這樣的嘛！到美國來全變了。」小東氣鼓鼓的。

「大人有煩心的事，你只管唸好書就成了。」

「姑姑，我，我想問一聲，妳真是我姑姑嗎？」

終於，事情終於來了，思沁想過小東有一天會問這個問題，卻從沒想過自己該怎麼回答。

「有好幾回，我偷偷聽見，爸和媽為了妳吵架呢，可他們一見到我就什麼都不說了，這麼神祕兮兮的，肯定有鬼！」

陶簡和李樂為了她吵架？她倒從沒想過，會有這樣的事。或許吧，她什麼也不用說，什麼也不必做，她的存在就是對於李樂的威脅，如同陶簡的負疚一般。她忽然悽愴的笑了。

「姑姑……」小東探身喚她：「妳去和我媽說說，送我回去吧，他們倆想留在這兒，就拿我做犧牲！」

「犧牲？」思沁的心被戳了一記，狠狠發疼：「你說犧牲嗎？不是，犧牲的不是你，是我，我莫名其妙為你，為你的家犧牲了——」

一直以來，思沁想忘記的創傷鮮明的浮起來，她滔滔的敘述著，從遇見陶簡到結婚，從陶簡回大陸到離婚，從李樂和小東出現到成了「姑姑」。

「我不想當你的姑姑，我根本就不是你的姑姑，我只想要好好過我的生活，我只想和我的丈夫過完一輩子，我既不偷也不搶，我辛辛苦苦的，為什麼我要犧牲？我甚至不認識你，憑什麼我該犧牲？」眼淚洶洶的湧上來，她看著已經獃住的小東：「你明不明白，我被奪走的是最珍貴的東西？你知不知道，我要花多大的力氣才能重新站起來？」

「妳恨我們嗎？恨爸爸？恨媽媽……恨我？」小東的聲音很小，小到幾乎聽不見。

他的眼圈和鼻頭都紅了，整個人緊張得收縮起來，微微抖顫，不再是往常在她房裡自在歡喜的小男孩。他已經夠大了，大到足以懂得她所說的這些事。她盯著小東看，她恨他們嗎？不只如此，她的情緒其實很複雜，好像還有悲憫；還有同病相憐……

「我只是，我只想知道，我的犧牲有什麼價值？」她哽咽的說。

小東緩緩站起來，緊緊環抱住她，沉沉的哭泣著，一遍遍的說：

「對不起，對不起，對不起……」

她駕車載小東回家去，一路上，他們都沒有交談。遠遠的，思沁看見站在門口等待的陶簡和李樂。車剛停妥，小東立即下車，抱住迎上來的陶簡，又奔向落淚的李樂。思沁沒有下車，她搖下車窗與陶簡打招呼。陶簡看見她哭過的眼睛，露出憂慮的神色：「這孩子給妳添麻煩了？」

「他問，我，告訴他了。」

「那，也好。反正，他該要知道的。」

「陶簡。」思沁看著他，搖搖頭：「不要再為我煩心，你好好過你的生活，我也要好好過我的生活了。好不好？」

陶簡垂下眼睛，片刻之後才抬頭看著思沁，他的神情是悲傷的卻又含著欣慰與激動。他的雙手離開車窗，點點頭：「謝謝妳，思沁，謝謝。」

發動車子之後，小東忽然跑來，敲敲窗，她開了窗，小東輕聲問：「我以後，還可以喚妳作姑姑嗎？」

她笑起來，揉了揉小東粗黑的短髮：

「當然。我是你姑姑嘛！」

她決定要自己過除夕，過新年，決定之後，一切好像就容易多了。她重新裝潢了房子，按照自己的方式，將一直空著不知如何運用的房間做了「工作室」。

她穿梭在不同的房間裡，用一種舒緩的心情，赤著腳走在玫瑰灰燼色的地毯上。她把這工程稱為「搬新家」，搬家之後只請過一個朋友來家裡吃飯，就是Vincent。

Vincent捧來一大束火紅玫瑰，插在廳中央，他四處轉悠，轉頭對思沁說：「如果有一天妳要搬家，我會買下一切，連妳屋裡的跳蚤一起——如果有的話，一定也是幸福的跳蚤。」

思沁大笑起來，她喜歡Vincent，因他總能令她快活發笑。

臨別時，她送他到門口，他握住她雙手：

「我真的喜歡妳的家，全是妳的氣味，充滿妳的感覺。」

他說著，俯頭親吻她的臉頰。那是個可近可遠的親吻。她明白，他停住，只是在等她的允准，但，她微笑著輕悄溜出他的懷抱。

他坐進跑車，她倚在門邊送他，暈黃的燈光，將她柔和的剪進夜色裡，像一束月光。Vincent的頭探出來，依戀不捨的看著她，慢慢駛離。她在安靜下來的冷空氣裡佇立著，已經許多年了，她一直在尋找，此刻，如同一個漂泊流離的旅人，終於，走進自己的房間。

立春之前，最冷的一天

她想用自己的手指，或柔軟的嘴唇，
拂去眉間的那個皺摺。
她希望有一天，
他眼中的火燄是因為她而燃燒起來的。

她在掛斷電話時，一不小心，聽筒滑下了桌緣，梆的一聲。明明是已經滑下去了，卻無法掙脫逃走，因為有那麼一條彎彎曲曲的線牽著。那條線原本就是彎曲的，如今糾結得更厲害。

她的主管裘姐曾經似笑非笑的說：「看這條電話線就知道每個人不同的個性啦，有些人哪，就是糾結。」

那麼糾結，偏偏擺落不掉。

同事們早就下班離開了，偌大的辦公室，只剩下她一個人，以及頭頂上那一片銀白的日光燈，缺血的、不帶感情的照射著。

她掏出手機，滑了兩下，進入了Line，沒有新訊息。理當如此。

她點進了佑承的對話框，看見的是最後一句話，她自己寫的：「你怎麼不去死」。

旁邊標示著已讀，已讀不回。

你怎麼不去死！她當時確實很憤怒，確實寫了這句話，但她沒想要傳送出去的。沒想傳送出去，只是寫出來之後感覺又痛又爽，結果不知道為什麼，竟然按了傳送，傳送之後，她傻了。

頭皮發麻，血液全身竄流，心臟幾乎麻庳。

她拚了命的刪除，跳出了小小的對話框：「您選擇的訊息僅會從這個裝置刪除。對方裝置上的訊息將不會被刪除。」這麼有禮貌的提示令她想罵髒話，既然想要刪除，當然是從對方的裝置刪除，從自己的裝置上刪除有什麼意義？

她在辦公室裡求助，希望那些八〇後或是九〇後的能想出一些辦法，他們不都是手機大魔王嗎？無所不能的？

他們聽見她要刪除Line的對話，便露出一種自作自受的幽微笑意：「唉呀，珊珊姐，這是不能刪除的啦。就算是最會刪的珊珊姐也不能刪喔。」

她負責的是公司財務，職務所需，常常得刪除同事們提出的業務預算，現在她知道他們有多討厭她了。

坐在她斜前方，總是裸露大腿，穿著低胸上衣、閃亮高跟鞋，把一頭捲長髮染成淺棕色的巧倩，突然轉過頭來望著她，臉上並沒有幸災樂禍的表情。

巧倩只來了兩個多月，還在試用期，她的穿著打扮，常被她們這幾個熟女奚落嘲笑：「根本就是檳榔西施的款式。」

「以為有肉就是美。」

「整個人就是便宜。」

此刻，巧倩卻很誠心誠意的對她說：

「珊珊姐，沒關係啊，妳就再發一個訊息說，Sorry，剛剛傳錯了，那是要罵同事的，那些死小孩真的很欠罵。這樣就可以了啊。」

說完之後，轉身之前，巧倩給了她一個完美的笑容，還搧了一下戴著假睫毛的眼睛。

她有點恍神，這個建議聽起來不錯，但到底是好意？還是在嘲諷她？

就在她的思緒空白的一秒之間，「已讀」兩個字跳了出來，以一種冷靜而優雅的姿態。

她知道，一切都來不及了。

一直以來，佑承都是冷靜的，瘋狂的是她。

她那麼衝動的愛上了佑承，覺得自己沒有他活不下去。

「妳只是以為自己愛上了我，但妳其實根本不了解我。我愛的人離開了我，但我還在等，我沒有準備去愛另一個人。」佑承說著，習慣性的蹙眉，他的眼睛

裡有每次提到前任女友時燃燒的火燄。

她想用自己的手指，或柔軟的嘴唇，拂去眉間的那個皺摺。她希望有一天，他眼中的火燄是因為她而燃燒起來的。

雖然他對她說不可能，她還是要他。只有沒勇氣的女人，才會在面對自己想要的愛情時，輕易言敗。她不是那樣的女人，她知道自己要的是什麼。

她像個獵人，在佑承身邊布下了天羅地網，密密籠罩著他。

整整兩年又三個月。她在手帳裡記著，每一天發生的事，每一個事件中佑承的反應，她為自己評分，也給自己打氣。

她要佑承每次轉身時，都能看見她；她要佑承感覺她無所不在，就像空氣和水。

真正的關鍵是前女友結婚了。

她想把他灌醉，或者在他面前喝醉，都好。只要有一個人醉了就好。

但佑承很冷靜，一點也沒有醉的機會，他問她：

「妳對我這麼好，到底想要什麼？」

「我只想和你在一起。」

「想結婚嗎？」

「你願意娶我？」

「如果想結婚那就結婚吧。」

一個禮拜以內，他們就公證了。然後才去拍婚紗照、宴客，她擔心一切只是一場夢，醒來就空了。

結婚並不是夢，婚姻生活才是。

她每天都活在粉紅色的氛圍中，除了工作之外，還去上了烹飪課、烘焙課、花藝課，也是兩性關係演講的常客。每一年她會安排兩次旅行，國內一次，國外一次。佑承什麼都不用操心，她都規劃得很完美。包括佑承住在養老院的奶奶，已經分居的爸爸和媽媽，她都打點得好好的。只有一件事她無法操控，他們始終沒有孩子。

沒有孩子就不像一個家。她和佑承說過好幾次，佑承一貫的淡定：

「這是命運，不能強求的。」

命運是很狡獪的。結婚五年，平淡尋常的生活之後，在她滿四十歲之前的某一天，佑承向她提出離婚。

雖然佑承沒有告訴她真正的原因，但她將天羅地網收束之後，理由已昭然若揭：前女友離婚了。他們想復合。

「你們已經分開那麼多年，你怎麼知道自己還愛她？你怎麼知道她沒有改變？」她猶做困獸之鬥。

「我對她的愛沒有停止過，不管她變了還是沒有變。」

「既然你這麼愛她，為什麼和我結婚？」

「失去她，和誰結婚都沒有差別了。」

佑承說的話，使她抓狂。她想跳起來撲向他，狠狠搥打他、撕裂他、把他咬碎。但，她只是站著，恨恨的注視他。

她不要給他藉口鄙夷，她知道他最瞧不起失控這件事，她不會讓他予取予求的，離婚？今生今世都別想。

「吃飯吧。今天煮了你最喜歡的咖哩牛肉。」

她以這句話作結，轉身進了廚房。

但，事情並沒有結束。

佑承每天傳Line給她，問她有什麼條件？有什麼想法？他能為她做些什麼？只要她同意離婚。

在他們的婚姻生活中，他幾乎不傳訊息給她的。現在每天都傳，好像她是他在這個世界上最在乎的人。或許，他現在真的最在乎她，畢竟，他的幸福是掌握在她的手上。不是嗎？

她請了婚姻徵信社，調查佑承和前女友的幽會。等了三個多星期，終於，接到了徵信社電話，告訴她，他們相偕進入了薔薇香MOTEL。那是本城最受矚目的幽會場所，也是最奢華的MOTEL。如果不是她告訴佑承今天要加班到深夜，他那樣謹慎的一個人，應該不會露出行藏的。

她並不會破門而入，捉姦在床，她已經決定和他們面對面談個清楚，她愛佑承就像佑承愛前女友，她是不會離婚的。她不會退讓，自己得不到的幸福，別人也休想得到。三個人一起下地獄吧。

她穿上新買的黑色大衣，走出辦公大樓時，還是打了個冷顫，順手將圍巾拉了拉，遮住口鼻。

「不是快要立春了？怎麼這麼冷！」裘姐中午出去吃飯，回來時這樣抱怨著。天黑之後，更是寒凍，沒走幾步，手指和腳趾就凍得失去知覺了。這應該是

這個冬天最強大的冷氣團吧。她為什麼還在街頭無狀行走？為什麼不能倚在丈夫的懷抱中？為什麼要忍受丈夫懷抱著另一個女人？

大街上一輛空車也沒有，她只好轉進一旁的巷弄，有時會有計程車停在那裡休息，可以碰碰運氣。

巷弄裡的路燈壞了，而巷底真的停了一台計程車，雖然車身看不清楚，卻看見了車頂的空車燈亮著。她快步走上前，逃難一樣的鑽進車廂裡。車裡的溫度並不比外面溫暖，座椅十分陳舊，還有一股奇異的味道。她的鼻子有點癢，想打噴嚏努力忍住了。前座司機的背影看來十分瘦削，穿著黑色連帽外套，臉色應該很暗沉，五官像沉在黑色的潭水裡，無法辨識。

她有點懊悔，如果不是因為天氣那麼冷，她應該可以挑一輛像樣的計程車。但現在也不好下車，只能忍一忍了，還好她計算過路程，頂多十分鐘就能到了。

「我要去薔薇香MOTEL。」她說。

司機沒有回應，動也不動。

「呃，薔薇香MOTEL，知道嗎？」

那黑色的、寬大外套裡瘦削的背影動了動：

「哪裡？」這蒼老的聲音不太像人在說話，像是從某個地穴中傳出的共鳴。那麼有名的薔薇香MOTEL，竟然還有計程車司機不知道的？

「盛麗購物中心，就在那附近。你知道吧？」那個舉世聞名的建築物與商場，不會不知道了吧。

「哪裡？」這聲音讓人不寒而慄。

她在後座感到極大的不安，這背影愈看愈古怪，簡直不太像人類的身形。如果不是人類，那又是什麼呢？

「沒關係。我換車吧。」她準備開門下車，才發現車門光滑，一個把手都沒有。她事實上是被困在車裡的，根本出不去。

「妳去那裡做什麼？」那個聲音詢問著。

「當然是有事啊。請你開門，讓我下車。」她力持鎮定，冷靜的告訴自己，辦得到的，在佑承和她攤牌的那麼致命的時刻，她還能為他張羅晚餐。

咖哩牛肉。她的眼前突然跳出那碗好吃的牛肉。

「咳，咳，咳。」像笑又像咳，那背影抖動著：「去了也沒用，何必呢？我帶妳去一個好地方，每個人都要去的地方。」

「我不去！我哪裡都不去。放我出去！你放我出去！」她尖叫著。門倏地彈開了，她幾乎是滾下了車。包包掉落地面，她連彎腰去撿的時間也沒有。巷弄裡的路燈突然亮起來，她看見眼前那輛計程車，車身布滿了泥土，彷彿是剛剛才從深深的地底爬出來，即將回到深深的地下去。

她沒命的衝出巷弄，看見來往行走的人們，才能停下來喘氣。

她的身子抖得像篩子一樣，丟了包包，就像個孤魂野鬼，哪裡也去不了。佑承和前女友可能還在薔薇香，可能已經離開了，卻變得一點都不重要。她想找個人說說方才的經歷，竟想不出一個可以傾訴的人。結婚以後，她幾乎沒什麼朋友了。如果真的被那輛車載走了，永遠消失，會不會有人在乎？

當她的呼吸比較平穩一些，重新走回巷弄，看見了自己躺在地上的包包。計程車當然已經不見蹤影，她奔跑過去，打開包包，手機、錢包、手帳，全部都還在。深夜的巷弄裡，什麼都被冷空氣凍結了，她低頭，注視著腳邊一撮深褐色的泥土屑。

她沒有去薔薇香。

她後來常對人說起那輛車，說那個經歷如何徹底改變了她。

那是立春之前，最冷的一天。

國家圖書館出版品預行編目資料

彷彿 / 張曼娟作. -- 二版. -- 臺北市 : 皇冠,
2019.04
面 ; 公分. -- (皇冠叢書 ; 第4750種)(張曼娟作品 ; 12)
ISBN 978-957-33-3435-4(平裝)

857.63 108002835

皇冠叢書第4750種
張曼娟作品 12
彷彿【全新增訂版】

作　者—張曼娟
發 行 人—平　雲
出版發行—皇冠文化出版有限公司
台北市敦化北路120巷50號
電話◎02-27168888
郵撥帳號◎15261516號
皇冠出版社(香港)有限公司
香港銅鑼灣道180號百樂商業中心
19字樓1903室
電話◎2529-1778　傳真◎2527-0904
總 編 輯—許婷婷
美術設計—王瓊瑤
繪　者—黃立佩
著作完成日期—2000年03月
二版一刷日期—2019年04月
二版四刷日期—2023年09月
法律顧問—王惠光律師

讀者服務傳真專線◎02-27150507
電腦編號◎012112
ISBN◎978-957-33-3435-4
Printed in Taiwan
本書定價◎新台幣350元/港幣117元